恋愛アンソロジー

LOVE or LIKE

石田衣良
中田永一
中村　航
本多孝好
真伏修三
山本幸久

祥伝社文庫

目次

リアルラブ?

石田衣良

石田衣良（いしだ・いら）
1960年東京都生まれ。成蹊大学経済学部卒業。広告制作会社勤務後、コピーライターとして活躍。1997年、「池袋ウエストゲートパーク」で第36回オール讀物推理小説新人賞を受賞しデビュー。翌年、受賞作を連作短編集にした同名の単行本を出版、ドラマ化され話題に。2003年『4TEEN』で第129回直木賞受賞。著書に『娼年』『スローグッドバイ』『眠れぬ真珠』『5年3組リョウタ組』『夜の桃』など多数。

「あっ、ヤス、そこ、いいみたい」

大崎加奈子（おおさきかなこ）が目を閉じたままそういった。夏の午後の日ざしがさしたベッドのうえである。シーツはひと月以上も替えていないので、しわくちゃのままふたりの汗のにおいを放っている。

谷内康弘（たにうちやすひろ）は特別なことをしているわけではなかった。正面からカナコとつながっているだけだ。左のふくらはぎがつりそうになったので、体重を右に移した。それでいつもとは違うところにペニスの先があたったのだろう。

「そう、左の壁のところ」

ヤスは無言で動いた。同じところをこすり続ける。カナコの手はおおきく開いて、シーツをつかんでいた。つながっているあいだも、その腕はヤスを抱くことはなかった。行為の最中ふれあっているのは、そのために必要な肉体のごく一部である。ヤスもカナコを抱くことはなかったし、口を閉じたままのキスさえめったにしなかった。ふたりのあいだには、その手の愛情の確認は必要ないのだ。ただの友達なのだから。

「きちゃう、きちゃう、……チーフ」

カナコの腰骨が嵐の波のようにヤスをのせたままうねった。しがみついたままヤスは動く。カナコの内部が強く収縮して、ヤスのペニスを捕らえた。赤ん坊の手にでもつかまれたようだ。この震えがくると、ヤスはいつも我慢できなくなる。

「………」

カナコが声にならない声をあげて、ぐったりと力を抜いた。わずかに遅れて、ヤスはラテックスの薄膜のなかに射精した。日本製の新型モデルは優秀だった。0・03ミリ。確かにつけている感覚は限りなく薄い。

ふたりはしばらくじっと動かずにいた。ヤスは身体をカナコのうえに倒したが、両手を突いてカナコには体重をすべてあずけないようにする。荒い息を盗んでいった。

「ふう、よかった……カナコは、また、チーフのこと……考えてた、みたいだね」

カナコは短く、ふふっと笑った。

「わかった？」

「そりゃあ、わかるよ。だって、おおきな声でチーフって、叫(さけ)んでいたもの」

カナコの手が、音を立ててヤスの汗で濡れた背中に落ちてきた。

「あの最中に叫んだことを、いわないでくれる。理性がぶっ飛んでるんだから」

「はいはい、わかりました」

ヤスはコンドームの根元を押さえながら、ペニスをゆっくりと抜いた。精液溜りはしおれた風船のように先にさがっている。

「ねえ、今、何時」

ティッシュをつかいながら、カナコがいった。ヤスは腕時計を見た。大学にはいるときに父にもらったロレックス・エクスプローラーだ。

「三時半」

カナコは勢いをつけて上半身を起こした。

「じゃあ、急げばシャワーを浴びる時間あるね。お先に」

高校時代はバスケットの選手だったというカナコの身長は百七十五近くある。ヤスよりも十センチほど高いのだ。雄大な尻が左右にやわらかに揺れて、ワンルームのユニットバスにむかう。ヤスは山も谷も影もある背中の広がりに声をかけた。

「早くしてくれよ。バイトに遅刻するの、嫌だから」

カナコは背中越しに女とは思えないごつい手を振るだけだった。

ヤスがひとり暮らしをする部屋は、中目黒(なかめぐろ)駅のそばだった。中目黒なのになぜか西銀座商店街と名前のついた通りを一本はいったワンルームマンションである。四時十五分まえに、ふたりは部屋をでた。自転車のペダルを踏んで走りだす。夏の夕方、シャワーを浴びたあとで自転車にのるのは爽快(そうかい)だった。セックスのあとなので、身体も軽い。

ヤスはうしろの荷台にのったカナコに声を張った。

「だけど、ぼくたち絶対につきあってるって、チーフには思われてるよな」

ばしっと音を立てて、カナコの手が背中に飛んできた。

「なにいってるの。それはちゃんと否定して、チーフの情報つかんでよね」

「わかってるって。だけど、ノルベルトで会うなんて、びっくりだよな」

ノルベルトは代官山(だいかんやま)にあるカフェだった。旧山手(きゅうやまて)通りに面した大箱の店で、広いオープンテラスもあり、流行のレストランウエディングで週末はにぎわっている。ヤスとカナコはその店にほぼ同時期にアルバイトではいった。

学部は違うが、同じ大学なのでおたがいに顔だけはしっていた。新米のウエイターとウエイトレスが親しく口をきくようになるまでは、さして時間はかからなかった。同じシフトで店をでて、代官山の駅にむかう途中にカナコはいったのだ。

「チーフって、結婚してるのかな」

ノルベルトにはキッチンとフロアにひとりずつチーフがいる。そのうえに店長がいるのだが、めったに店の奥にある事務室から顔をださなかった。カナコがいったチーフはフロア長の宮元直哉のことである。

「噂では五年くらいまえにできちゃった結婚したみたいだよ」

つまらなそうにカナコがいった。

「ふーん、それで相手は」

「いや、ぼくも正確にはしらないけど、そのころ店で働いていたウエイトレスの女の子らしい」

「そうかー」

大柄なカナコが背伸びをすると、自分よりずっとおおきく見えた。ヤスは背が低いのがコンプレックスだったので、昔から背の高い女性が好みである。

「その口ぶりだと、カナコは宮元さんに気があるのか」

へへっと笑って、元バスケット選手はいった。

「ほら、うちの店って、入口から奥のカウンターまでけっこう距離があるでしょう。わたし、最初に面接にいったとき、顔がちゃんとわかるまえにチーフの全身のバランスを見て、ビビビッてきちゃったんだ。なに、この人、カッコよすぎるって」

宮元は背の高いカナコよりもさらに十センチほどおおきかった。手足は棒のように細くまっすぐで、外国映画のスクリーンで見るようなバランスをしている。

「それで近くにいったら、わたし好みの一重(ひとえ)の細い目だった」

ヤスはカナコの正直さに苦笑した。

「で、一目ぼれした」

「そう」

ふざけて、軽口をたたいた。

「で、その相手に妻子がいるのが今わかった」

「そう」

「残念でした」

カナコが急に立ちどまった。はずみで一歩先にでていたヤスが振りむくと、真剣な表情でいう。

「ねえ、ヤス、のみにいこうか」

ひどく酔っ払ったカナコとヤスが初めてセックスしたのは、その晩のことである。

ふたりのりの自転車は中目黒から代官山にのぼる急坂にさしかかった。

「がんばれ、ヤス」

背中でカナコが叫んで、ヤスは全力でペダルを踏んだ。それでも半分ほどのぼったところで、勢いをなくした車輪はとまってしまう。

「なんで、そんなに重いんだよ」

カナコはやせているヤスよりも明らかに体重はありそうだ。

「あんたこそ、なんでそんなに脚力ないの」

ヤスはずっと文科系で、スポーツの経験はほとんどない。いつも坂のこのあたりで自転車はとまるのだった。歩道でハンドルを押しながら、坂道をのぼっていく。右手の車道を外国車がうなりをあげて駆けていった。このあたりの車は半数以上がヨーロッパ製だ。

いたずらっぽくカナコはいう。

「今日はマダムはくるかなあ」

「その話はいいっていってるじゃないか」

横目でヤスを見て、カナコはいった。

「別によくないよ。チャンスがあるかどうかはわからないじゃない。むこうはヤスのこと、けっこうお気にいりみたいだよ」

マダムの名は藤浦だった。ファーストネームはまだしらない。天気のいい昼さがりには毎日のようにちいさなパグを連れて、ノルベルトにやってくる常連だ。住まいは渋谷南平台のようだった。都心でも有数の高級住宅地である。

「なんでお気にいりだって、わかるんだよ」

マダムはヤスが実際に会った女性のなかで、一番きれいな人だった。夫がかなり年上らしいことは接客のついでにききだしている。

「だって、ヤスがいないとき、わたし、いわれたもの」

期待していると思われないように、ヤスはそっぽをむいたままいった。

「なんて」

「今日はヤスくんは休みなの。このお店にきて、ヤスくんの顔を見ないとなんだか調子がでないってさ。やったじゃん」

そういうとカナコはヤスの背中をたたいた。マダムの背はカナコに負けないくらい高いが、女性としてのうるおいは比較にならなかった。見ているだけで切なくなるような魅力は、若いカナコには望めないものだ。

「でも、相手は人妻だよ」

「チーフだって、人のダンナだよ」

そういわれると、返事に困ってしまう。だいたい人を好きになるのに、相手が結婚しているかどうかが関係するのだろうか。見わたせば、いい男といい女はほとんど先約ずみである。カナコがさばさばといった。

「だから、ちゃんと共同戦線を張らないとね。わたしはマダムから情報を引きだし、ヤスはチーフのインサイダーになる」

坂道をのぼりきると、旧山手通りだった。カナコが荷台に飛びのり、自転車がきしみ声をあげた。

「さあ、今日もばりばり働こう。恋とお金と両方手にはいるんだから、バイトってやめれないよね」

カナコがこんなにまえむきになれるのは、なぜなのだろう。ヤスは不思議に感じたが、しっかりとペダルを踏んで、並木道の歩道を走りだした。

「チーフのお子さんて、今いくつなんですか」

カウンターにふれないように背を伸ばして立ち、ヤスはとなりのチーフに話しかけた。フロア長はテーブル席に広く目を配(くば)りながらいう。

「四歳がひとり。あとはゼロ歳未満」

意味がわからなかった。

「未満って……」

「うちの奥さんが妊娠中でね。今八カ月なんだ。秋には二番目の子どもが生まれる。よかったよ。うえの子とあまり年が離れないほうがいいと思っていたから」

「へえ、男の子なんですか、女の子なんですか」

「最近の医者は胎児の性別は教えてくれないんだ。どっちが生まれても、授(さず)かりものだと思ってよろこべってことなんだろうな。ヤスくん、六番さん、灰皿を替えてきて」

カウンターに積まれた金属の灰皿をとって、壁際のテーブルにいった。白いシャツに蝶(ちょう)ネクタイ。ギャルソンのエプロンをつけたときのヤスの身のこなしは、なかなか鋭い。すれ違いざまにカナコがいった。

「チーフ、なんだって」

「子どもはひとり半」

「半ってなによ」

「ふたりめは妊娠中」

カナコの笑顔が軽くひきつった。ヤスは灰皿をとり替えて、カウンターにもどった。客のいりは平日の夕方なので、三割ほどである。手もち無沙汰(ぶさた)にしているアルバイトが多い。思い切っていった。

「チーフ、今度遊びにいってもいいですか。カナコもいっしょなんですけど」

カウンターの端にならべられた伝票を確認しながら、宮元はいった。

「いいよ。うちのも妊娠後期であまり出歩けなくてね。いつも退屈だっていってる。火曜日にでも遊びにくるといい」

遠くでカナコがこちらを見ていた。ヤスが腰のあたりで右手の親指を立てると、営業用のスマイルがほんものになった。ヤスも友人のよろこびを分かちあった。誰かが幸福そうにしているのを見るのは、いいものである。

そのとき、不細工(ぶさいく)なパグの鼻面(はなづら)が歩道をかぎまわっているのが見えた。ぴんと伸びたリードの先には、しなやかな手がある。サマードレスは日にさらされて脱色したような淡(あわ)いブルーである。白い肌によく似あっていた。マダムは店内にはいらずに、テラスの隅(すみ)に席をとった。リードは鋳鉄の椅子の脚に結んである。

ヤスは顔をそむけた。カナコとの約束で、おたがいにもち場を替えたのである。ヤスはチーフを、カナコはマダムを担当するのだ。カナコはにこやかに笑って、氷水をのせた盆をもって、店の外にでる。木漏れ日にグラスがきらきらと光っていた。

ふたりはなにか話しあっていた。暑いのでテラス席には、ほとんど客はいない。このカフェの接客はフレンドリーだった。常連との会話を注意されるようなことはないのだ。冬になれば、ストーブをつけて、ひざかけをすすめるようなアットホームな店である。

遠くガラス越しにふたりの女が話すのを見ながら、ヤスの心は揺れていた。カナコがなにをいうかはわからない。けれども、今日はきちんと決定的なアクションを起こすのだといっていた。

笑いながらふたりがこちらを見ている。マダムと目があうと、ヤスは軽く頭をさげた。カナコが手を振っていた。マダムは日ざしがまぶしいのだろうか、目を細めてこちらを見ている。カナコは話しながら伝票に注文を書きこんでいた。

ほんの二分足らずのことが、ひどく長く思えた。じっと立っているだけなのに、ヤスの胸は全力疾走の勢いではずんでいた。カナコがカウンターの奥にいった。

「カプチーノひとつ」

カウンターの端に伝票をならべる。チーフがいった。

「今度、ヤスくんといっしょにうちに遊びにくることになったから。こっちは休みの日はくたくただから、子どもと遊んでやってくれ」

カナコはうれしそうにいった。

「はーい、わかりました、チーフ。たのしみにしてます」

チーフはバックヤードにいってしまう。カナコは木の扉のむこうに消える背中を見送っていった。

「いついくの、チーフの家」

「今度の火曜日になった。そっちは午後、授業もバイトもないだろ。ぼくも休める講義だから、代返を頼むことにした」

「そう、やるじゃん、ヤスのくせに」

テーブル席に注意を払いながら、ヤスは口の端でいう。

「くせにって、なんだよ。それより、そっちのほうはどうなった」

カナコは長い親指を立ててみせる。

「意外や意外で、うまくいきそう。そっちは明日だから」

マダムはじっとこちらのほうを見ている。すこし怒ったような表情なのが、気にかかった。

「カナコ、なにか変なことといってないよな」

「変なことはいってないと思うけど」

十四番のテーブルの客が手をあげた。この店の精算はテーブルですませるのだ。カナコが伝票をもって、カウンターを離れた。ヤスは話の続きをききたくてたまらなかったが、たくさんの小銭をもってもどったカナコはレジにいったまま、しばらく帰ってこなかった。

「チーフと話しちゃった」

声を殺して、ヤスはいった。

「チーフの話はいいんだよ。それより、マダムになんていったんだ」

カナコはまるで動じなかった。身体がおおきいだけでなく、変に度胸が据（す）わったところがあるのだ。

「相手は大人だよ。まどろっこしいのは抜きではっきりいったんだ」

ヤスは悲鳴がでそうだった。

「なんて」

「ヤスが藤浦さんにあこがれていますって」

「それで」

「そうしたら、まんざらでもない顔をしたんだ。頬(ほお)なんかすこし赤くなっちゃって。手を振ったときがあったでしょ、そのとき」

うれしくて、飛び跳ねてしまいそうだった。ヤスはじっと耐えて、なんでもない振りをした。

「それでさ、結婚してるから、ちゃんとつきあうのは無理かもしれないけど、一度だけでもいいから奥さんを抱きたいってヤスがいってたって伝えた」

ヤスはまた飛びあがりそうになった。胸が痛くなる。

「なんだよ、それ。そんなこといってないだろ」

カナコは眉をひそめて、うえのほうからにらんでくる。

「自分が覚えてないだけだよ。わたしとしてるときにいったじゃない。一度でいいから、マダムとしてみたいって」

胸のなかで心臓がしおれていくようだった。目をあげると、歩道に面したテラス席では、マダムがカプチーノをすすっていた。これはすべて現実なのだろうか。

「あの最中にいってることを、そのままいうなっていったのは自分じゃないか」

カナコは平然といった。

「結果がよかったんだからいいじゃない」

信じられなかった。ヤスは恐るおそるいった。

「あの人がOKしたのか」

淡いブルーのサマードレスの裾が夏の風に揺れていた。ゆるく巻かれた髪はたっぷりと流れ落ちて、形のいい顔立ちを隠している。

「マダムはああ見えて、けっこうやる人だよ。ちょっと迷ったけど、すぐに明日っていったもの。午後三時に神泉の交差点だって。がんばってきてね」

火曜日は朝から晴れて、昼まえに気温は三十度を超えた。ヤスとカナコは手にデパートの袋をさげて、駒沢公園を歩いていた。空は地平線の近くに淡い雲を浮かべているだけで、からっぽの青い皿のように頭上に広がっている。

チーフのマンションは深沢だった。渋谷駅の近くのデパ地下で割り勘で買ったのは、冷えたスイカと生ハムにスパークリングワインである。

「それでさ、あの日はどうだったの」

カナコは興味津々である。ヤスは空を見た。青は悲しい色だ。

「時間どおりに交差点にいった」

「それで、それで」

あの日は今にも雨が降りだしそうな曇り空だった。目のまえにとまったのはその空と同じ銀色のドイツ製の自動車だった。

「買いもの用のちいさなメルセデスにのって、マダムがやってきた。サングラスをかけていたよ。マダムの名前は由莉香（ゆりか）さんっていうんだ」

「へえ」

あまりの暑さに木々の枝も力なく垂れさがっていた。子どもたちは噴水まえの広場で元気よくサッカーボールを追っている。

「最初はまずカフェにでもいくのかと思った」

「違ったんだ」

「ユリカさんはごめんね、今日はあまり時間がないのっていった。それで車はまっすぐに五反田（ごたんだ）にむかった」

はははとカナコが笑った。

「ラブホかあ。マダム、大胆（だいたん）」

「笑いごとじゃないよ。こっちは初めてのふたりきりで緊張してるのに、ほとんど会話もなしで、いきなり五反田のホテルだよ」

カナコが横目でヤスを見ていった。

「なんだよ。わたしのときにはロマンチックな会話なんてしないじゃん」

「あたりまえだろ。恋人でもないのに、そんな気もち悪いことできるか」

「いいから、いいから。それでビニールののれんがさがった駐車場に、マダムの車は突入した」

「そうだよ。ホテルの部屋はマダムが選んだ。一番広くて、一番高い部屋だった。最上階の八階」

カナコはぶんぶんと生ハムのはいった袋を振りまわした。身体はおおきくても、重いスイカとワインをもつのは男のヤスの役割だった。

「なんだか、未成年男子の見る夢みたいだね」

「どこが。悪夢だよ」

「どうしてさ。やることはやったんでしょ」

「やったとかいうな。全部、カナコのせいなんだからな。部屋にはいって、ふたりきりになったとたんに、ユリカさんは変わったんだ」

カナコはにやりと笑った。

「マダムからアニマルになったとか」

口を開いて舌をだし、マダムは最初のキスを求めてきたのだ。目はヤスではなく、遠く自分のなかに口を開けた欲望だけ見ているようだった。

「そうだよ」

会ったときから違和感をもっていたヤスは、そこで急に自分の身体が冷めていくのを感じた。

「それで、どうなったの」

「だから、やったって。それで、おしまい」

実際には最後まではできなかった。カナコには口が裂けてもそんなことはいいたくない。下着姿のマダムに迫られ、口で可能にしてもらったのだが、行為の最中に充実感は失われてしまった。ヤスの生涯初めてのインポテンツである。なにを試（こころ）みても、もう再び可能になることはなかった。カナコはヤスの肩を突いていった。

「むこうはなんていってた」

「おたがいにいい思い出にしましょう。また、お店で会ったら、素敵な音楽の話をきかせてねって」

カナコはため息をついた。

「ふー、そうか。大人の台詞だね。それで、あれから四日たっても、カフェにはぜんぜん顔をださないっていうわけか」

「そう」

「でも、やることはやったんだから、いいじゃん」

ヤスは泣きそうだったが、強がりをいった。

「だから、やったとかいうなよ。こんなことなら、カナコと共同戦線なんて張らなければよかった。マダムは遠くから見ているほうがずっとよかったよ」

十センチほど小柄な大学生の頭をカナコがくしゃくしゃになでた。

「失恋したの、ヤス」

「うるさい、そんなんじゃないよ」

「無理しちゃってさ」

たのしげだったカナコの顔色が微妙に変わったのは、マンションの扉が開いたときだった。

「いらっしゃーい」

チーフの奥さんがボールでも抱えるようにおおきな腹に手をまわして、ドアを開けてくれた。足元には四歳にしては小柄な男の子が張りついている。マンションの狭い廊下をチーフが短パンにTシャツ姿でやってきた。

「遠慮せずに、あがってくれ」

ヤスは玄関でスニーカーを脱いだ。奥さんはいう。

「やっぱり若い恋人同士って、いいわねえ」

まだ外見は十分若いように見えたが、三十歳は越しているのだろう。チーフの妻はヤスよりも小柄で、愛くるしいタイプである。チーフが紹介してくれた。

「こちらが谷内康弘くん、それからガールフレンドの大崎加奈子さん。どっちもうちのフロアの大切な戦力だ」

妊娠中の妻が奥のリビングにむかいながら、背中越しにいった。

「わたしは百六十センチに五ミリだけ届かなかったから、背の高い人がうらやましいんだ。うちの彼がすごくおおきいでしょう。なんだかいつも見おろされてるようで、くやしくて」

ヤスはうしろを歩いてくるカナコの気配に注意しながら返事をした。

「ええ、ぼくもカナコにはいつも見おろされてる感じがします」

無邪気な表情で振りむいて、妊婦はいった。

「それにカナコさん、スタイルがすごくいいから。モデルさんみたい」

ヤスはカナコの顔をちらりと見た。まったく動くことのない笑顔。確かに腰骨の位置はヤスのへそよりも高いかもしれない。

「いや、カナコはただでかいだけですよ」

ぱしっと音を立てて、てのひらが背中に飛んできた。リビングは十五畳ほどあるだろうか。駒沢公園の緑を見おろす窓辺には、準備よくベビーベッドがだされていた。子どものいる家独特の甘いミルクのようなにおいがする。ヤスはカナコの感情の波が心配でしかたなかった。すでに頭のうえには嵐の雲が発生しているようだ。

「これ、渋谷のデパ地下で買ったおみやげです」

紙袋をさしだす。幸福そうな妻は受けとるといった。

「ゆっくりくつろいでいってね。最近の大学では、どんなことが流行(はや)っているのか、あとで教えて。このごろずっと家にこもりきりだから」

ひとつだけのラブソファにヤスとカナコが座った。チーフは細いすねを投げだして、床のカーペットにじかに腰をおろしている。足のうえでは四歳の子どもがなにかを警戒する表情で、始終(しじゅう)身体を動かしていた。

「おーい、ワイングラスとシャンパンだしてくれ」

妻が用意したチューリップグラスは店のものと同じようにクリアに磨かれていた。乾いたタオルで力をこめて二度ぶきしなければ、こうは光らない。さすがにチーフは接客のプロである。

「昼間にのむシャンパンって、ほんとにうまいよな」

気軽なホームパーティは、辛口のシャンパンから始まった。


ふたりがマンションをでたのは、日がかたむきだした午後六時近くである。チーフは夕食もたべていけといったが、ふたりは礼をいって断っている。狭い玄関では靴がはけずに、廊下にでてドアが閉まってから、ヤスはスニーカーにきちんと足を納めた。カナコは先にずんずんと歩いていく。

「待ってくれよ、カナコ」

カナコは待たなかった。エレベーターホールでもずっと閉じたままの扉をにらんでいる。ようやく口をきいたのは、駒沢公園にはいってからだった。水銀灯の青い光りのした、夕方の木々は涼しげだ。

「子ども、ふたりか……」

夕風がシャツのなかをとおっていく。ヤスは漏らした。

「ヨシくん、かわいかったなあ」

カナコはヤスを無視していう。

「……ということは、最低でもセックス二回はしてるんだな」

「なにいってるんだよ。そんなに百発百中であたるか。もっとしてるさ」

カナコのてのひらが、かなり強めにヤスの背中に飛んできた。

「わかってるよ。いってみただけじゃん」

ヤスは黙ってしまった。カナコは夜の色に落ちていく空を見あげている。

「最初は敵陣を偵察するつもりだったんだけど、奥さんのお腹見たら、がっくりきちゃった。わたしより、ぜんぜん小柄だしさ。チーフはああいうちいさくて、かわいい人がタイプなんだな。そう思ったら、ばりばり落ちこんだよ」

かける言葉もない。ヤスは足音を立てないように、ゆっくりととなりを歩くだけだった。

「なんだか、世界っておおきな詐欺みたいだよね」

カナコが空に両手を広げた。突然おかしなことをいいだす癖がカナコにはある。

「あれもある、これもあるって山のようにきれいなページを見せてくれるけど、全部ただの広告なんだ。いざ、ほんとうにほしかったものに手を伸ばすと、絶対それは手にはいらない。愛だとか、切なくなるほど好きなんて気もちは、絶対続かないようにできてる」

広場で立ちどまって、カナコとヤスはおたがいを見つめあった。一番ではない二番目のふたり。恋する気もちのないただの友人同士。ヤスがぼそりといった。

「これから、のみにいこうか。今晩は徹底的につきあうよ」

昼間からのんだシャンパンとワインで、顔を赤くしたカナコがいう。

「もうお酒はいいよ。帰って、めちゃくちゃにセックスしよう。壊れるまでやって、もう全部忘れたいよ」

カナコがこちらをにらんでいた。ヤスがうなずくと、ふたりはなにかから逃げるように足早に暗い公園をあとにした。

なみうちぎわ

中田永一

中田永一（なかた・えいいち）
デビュー作「百瀬、こっちを向いて。」が2005年、恋愛小説アンソロジー『I LOVE YOU』（祥伝社刊）に収録され、反響を呼ぶ。同名の恋愛小説集（祥伝社刊）は、『本の雑誌』の08年上半期ベスト5に選ばれた。今後のさらなる活躍が期待される。

1

　1976年、日本脳神経外科学会はつぎの六項目をみたす状態が三ヶ月以上にわたってつづいている患者を遷延性意識障害者と定義した。

1、自力移動が不可能。
2、自力で摂食が不可能。
3、屎尿失禁状態にある。
4、眼球はかろうじて物を追うこともあるが認識できない。
5、発声はあっても、意味ある発語は不可能。
6、「眼を開け」「手を握れ」などの簡単な命令に応ずることもあるが、それ以上の意思の疎通は不可能。

脳死とのちがいは、生命維持にひつような脳幹部分が生きていることだ。そのため彼らはみずから呼吸し、栄養をあたえられれば生きつづける。遷延性意識障害が数ヶ月以上つづくと、回復することは皆無にちかいと言われている。わたしの場合、水難事故から三ヶ月をすぎたあたりで退院をせまられたという。回復のみこみがうすく、治療行為もできない患者は、病院にとって儲けがすくないのだ。父母と姉はわたしの体の転院先をさがしたが、うけいれてくれるところはほとんどなく、最終的にわたしの体は自宅で介護をうけることになった。

父母は往診してくれる医者をさがした。母と姉が体をふき、生理があったかどうかをチェックして医者に報告した。のどに痰が絡んだだけで窒息死してしまうので、夜中でも母はおきなくてはならなかった。床ずれをふせぐ体位交換や排せつの処理など、わたしの体の世話はとにかく手間がかかった。流動食をのみこむくらいはなんとかできたので、ごはんの時間になるとだれかがスプーンで食べさせてくれた。

父母は在宅介護による孤独や不安と闘った。娘はふたたび意思の疎通ができるようになるのだろうか。海外にあるいくつかの例をしらべて心のささえにしたという。長い眠りからさめた人は、すくないが、たしかにいた。ある日、わたしもそのひとりになった。

嵐の夜にわたしは目がさめた。ずっと正座をしていたような麻痺が全身をおおっていた。外で雷光がかがやき、雨が窓にうちつけていた。母にいろいろなことを話しかけたかったが、うまく声が出なかった。部屋の入り口に姉が立っていた。赤ん坊をかかえていた。姉は、最後に高校の校門前でわかれたときとはずいぶん印象がちがっていたのだ。

部屋にはってあるカレンダーを見た。２００２年11月。姉のだいている赤ん坊が泣き出した。頭の中がぼんやりとしていて、うまく事情がのみこめなかった。わたしの困惑に気づいて姉が説明した。

「人類は二一世紀をむかえたの。あなたが寝てる間にね。あなたは今、二十一歳。しんじられないかもしれないけど、あれから五年がすぎたってわけ」

１９９７年の春、わたしは無事に高校へ入学し、姉とおなじ制服を着るようになった。姉はわたしがひとつ下の後輩になっていやそうだった。顔と髪型が似ていたので、おなじ制服だと、まちがわれることが多いのだ。わたしと姉はほとんどの場合、帰宅時間がいっしょになることはなかったのだが、その日はたまたまおなじ電車にのりあわせた。線路は海岸に沿ってつづいていた。バスのような一両編成の電車の窓から、海沿いにたちならんでいる家の屋根と水平線が見えた。風景のなかに入り江が見えると、もうすぐ木造の無人駅だ。

駅で電車をおりると、姉といっしょに海沿いの道をあるいた。雑木林のそばをぬけたところで海がわの視界がひろくなった。入り江のなみうちぎわに少年が立っていた。彼は水着のパンツ一枚で、背中が真っ黒に日焼けしていた。背丈がひくく、丸坊主で、俊敏そうな体つきだった。

「おっと、野生の猿かとおもったよ」

姉が少年を見て感想をもらした。少年がふりかえり、わたしたちの視線が一瞬まじわった。でもすぐに少年は目をふせて、海へとはしり、およぎはじめた。わたしはひやりとした。少年の目が怒りにみちていたからだ。

「ねえあんた、暇でしょ。お願いがあるんだけど。バイトしたくない？　家庭教師のバイト。百合子は、ほら、あんなだしさ。だれかに勉強おしえられるの、あなたしかいないのよ」

土曜日の夜、母がわたしに話をもちかけてきた。姉は居間の畳に寝転がっておしりをかきながら交際中の男の子と電話でもりあがっていた。明日のデートのことで頭がいっぱいで勉強をおしえるどころではないらしかった。

「家庭教師？　だれの？」

「近所の子。4月から登校拒否してってね」

「名前は？」

「灰谷小太郎くんだってさ」

母に聞いたところ、報酬も出るという。ほしい鞄があったのでわたしはひきうけた。

翌日の日曜日、わたしは母につれられて灰谷家へ行った。客室に案内され、日焼けした少年を紹介された。わたしたちはおたがいの顔を見て、おなじように肩をすくめた。なんだ、お前かよ、と彼は言いたそうだった。どうやらわたしの顔をおぼえていたらしい。入り江で見かけた少年だった。

小太郎のベッドには漫画雑誌や携帯ゲーム機がちらかっていた。部屋のすみにはサッカーボールや、マジックで不器用に塗装されたロボットのプラモデルがころがっている。二日に一度、わたしはその部屋にかよった。小学六年生の教科書をなつかしいきもちでひろげると、小太郎をいすにすわらせて勉強をおしえた。しかし小太郎の集中力は十分ほどしかつづかず、頭をかきむしって鉛筆をほうりなげると、ベッドの上でごろごろころがって、床におちてさらにおきあがり、おかしな声を出しながら扉をあけて逃げようとした。

「さては彼氏がいないんだな。いつも予定ががらあきだから、こんなにいつも、うちにこられるんだ。さびしいやつ。そして姫子は胸がない」

「よびすてはやめなさい」

「じゃあ、これからは先生ってよぶよ。先生、なにかものまねできる？　もうちょっとあいきょうがないとだめだよ」

ある大雨の日、勉強をおしえていると、雷が鳴りだした。窓が光って壁に大小ふたつの人影ができた。わたしの影と小太郎の影だ。すこしおくれて空の破裂するような音。わたしは机のしたにかくれてしまいたかったが、生徒の目があるのでがまんした。

「先生、雷はどうやっておきるの？」

小太郎が窓の外を見ながら聞いた。目をきらきらさせて、次に窓がかがやくのをまっていた。

「雲と地上のあいだに電位差があるからよ」

「でんいさ？」

窓が白く光った。どーん、と音がする。もうゆるして、と泣きたかったが、十二歳の子どもにわらわれたくないので平気なふりをした。

「先生、雷って世界にひつよう？　電気のむだづかいじゃない？」

「神様は設計をまちがわない。だって、雷がなかったら生命は生まれてなかった」

「ほんとうに？」

「海に雷がおちて、生命の源が産まれた。化学反応でアミノ酸っていうのができたのよ。

おかげで今、人類がいる。まあ、それはいいとして、はやいところその計算を解いちゃって」

「先生、ものしりだね。胸がないかわりに、なんでも知ってるね」

算数の教科書で彼の頭をたたいた。どどーん、と破裂するような音がする。もちろん窓の外からだ。しばらく小太郎はだまって分数の約分や通分をした。しかし問題集が一ページおわると、いつものように鉛筆をほうりだした。

「こういうのは、てきどに休憩をはさんだほうが、こうりつがよくなるんだよ」

小太郎は机のなかから黄色の四角い物体をとりだした。プラスチック製のふでばこに見えたが、どうやらオペラグラスのようだった。ひもがとりつけられて、首からさげられるようになっている。ぱかっとひらくとふたつのレンズがおきあがり双眼鏡のようになった。意外にしっかりとしたつくりである。

「かっこういいでしょう」

「それ、どうしたの」

「買ってもらったんだ」

小太郎はオペラグラスをつかって窓の外を見た。ガラスのむこうに海がひろがっていた。薄暗い雲の下で水平線がぼやけている。

「あ、おちた。先生、海に雷がおちたよ。命が産まれたかもしれない」

毎回、彼をおしえにいく時間がたっぷりあったのは、小太郎のおっしゃるとおり、なかよくする男の子がいなかったからだ。外見の似ている姉とは、そこのところがずいぶんちがう。自分が男子となかよくしている様子など想像できなかった。わたしの趣味といえば、勉強の予習復習と、国語の教科書の暗記である。心のバイブルは『時間と空間の詩集』という本で、著者は東京の某大学教授である。唯一(ゆいいつ)の自慢は、小学一年生の入学式からかぞえて、高校一年の現在まで、学校を一度もやすんでいないことだ。一日でも欠席してしまい、授業を聞きのがしてしまうと、勉強がわからなくなりそうでこわかった。だから病気をしないように気をつけている。夜は十時に就寝し、ものはよくかんで食べる。そのようなわたしに、お前異星人かよ、と姉が言った。というわけで恋人などできるわけがなく、結婚もせず、子どもを産むことなくわたしは死ぬのだろう。

「学校を一度もやすんだことないってほんとう？　すごいね。鉄の女だね。胸もかたいしね。人間レベル高いね。そんな人が、登校拒否児の面倒をみてるってのは、いわゆる、ひにくってやつだよね」

最初のころはなんども拳(こぶし)をふりあげそうになったが、しだいにじゃれあいをたのしめるようになった。学校帰りに入り江でおよいでいる小太郎を見つけて、いっしょにあるいてかえったりもした。ふたりで野良猫にソーセージをあげたり、彼の丸坊主頭をこづいているうちに、漠然とわたしはこうおもうようになった。自分が子どもを持ったら、こんな感じなのかもしれない。

都会からはなれた海辺の田舎町は、九月にはいっても暑さはあいかわらずだった。日曜日、まだむしあついさなかにわたしと小太郎は入り江にでかけた。今日は外で授業をします、と提案したら小太郎はおおよろこびした。家庭教師をはじめて三ヶ月がすぎていた。夏がはじまって、まだおわる気配はない。

入り江の砂浜は三十メートルほどのながさで、海の一部を陸地がきりとって手のひらでつつみこんだような場所だった。浜辺の色は灰色で、よく観察すると黒い粒と白い粒がまじっていた。はじめのうち入り江に特別な印象はなかった。小太郎があの黒い漂流物を見つけるまでは。

「あれはなんだろう。死体かな？」

波のうごきを観察したり、海辺の生きものをながめたりしていると、小太郎がなみうちぎわでつぶやいた。入り江のまんなかほどの海面を指さしていた。

背筋がぞっとした。黒い物体が海に浮かんでいた。ほそながく、人間とおなじくらいのおおきさだった。しかし遠くて判別はむずかしい。

そうにきまっている。しばらく波にゆられていたが、そのうち沈んでしまい、もう浮かんでこなかった。

「きっと流木よ」

「やっぱり人間だよ。おぼれて、ながされてきたんだ」

「だから、流木だってばさ」

入り江の波が不気味に感じられた。なにかをのみこんで消し去ったことなど、知らないとでもいうように波の音はつづいていた。小太郎が真剣な目で海を見つめていた。はじめて見かけたときの、怒りにみちた目が頭をよぎった。

「はじめてあったときのこと、おぼえてる?」

「先生はお姉ちゃんといっしょだったっけ」

「どうして怒ってたの?」

「イバラのこと、かんがえてたんだ」

「イバラ?」

「担任の先生。ほんとうは井原(いはら)って名前だけど、いばってるから、イバラ」

彼の不登校の原因が、担任の先生への不信感であることを、小太郎の母親から聞いていた。

「植物の茨のことかとおもった。知ってる？　とげとげのある植物。ねむり姫のお城をつつんでたのよ」

「知らないし、どうでもいいよ」

会話のあと、小太郎はだまりこんで海を見るようになった。

「ほら、これ、変な形の砂粒。ほかの海岸ではあまり見かけないものよ。なんでかわかる？」

砂粒を手のひらにのせて小太郎に聞いた。角のようなとんがりのある砂粒だった。それは有孔虫とよばれる原生生物の死骸である。石灰質の殻だけがのこり、砂浜にうちあげられているのだ。なぜほかの海岸では見かけないのか？　きっと、入り江にはいってくる波は比較的おだやかで、生物のすみやすい環境なのだろう。その結果、ほかの海岸よりも死骸の数が多いというわけだ。つまりこのなみうちぎわは、原生生物たちの死骸がうちあげられる墓場なのだ。そんな説明をしたのだが、小太郎は聞いていなかった。

「つまらない」

最後には、ぷいとそっぽをむいた。

「じゃあ、今日はもうおわりにしましょう」

わたしたちは一言も口をきかずに灰谷家への道のりをあるいた。閑散とした海沿いの田舎町は、どこに行っても潮風がふいていた。小太郎はいらついたような顔であるき、わたしもおそらくむっとした表情だっただろう。カモメが頭上をよこぎり、波のしぶきが風にのって飛んできた。照りつける太陽をうけて、いたるところに雑草がしげっていた。汗をぬぐいながら、泣きそうなきもちで、わたしは小太郎の前をあるいた。

1997年9月8日。朝はよく晴れていた。母はいつもどおりみそ汁をつくり、父はきっかり七時半に会社へむかった。

昼休みに、友だちの北村(きたむら)さんや西沢(にしざわ)さんと弁当を食べた。ふたりは中学時代からの友だちで、よく本の貸し借りをしていた。北村さんは日本の純文学が好きで、西沢さんは欧米の文学を好んでいた。食事をおえたあと、校庭を散歩しながら、夏休みに読んだ本の感想を順番に話した。日差しがあたたかく、花壇(かだん)の花はさきほこり、蝶(ちょう)が優雅にとんでいた。わたしたちはそれぞれ、自分の知っている詩や小説の文章をそらんじた。

姉がわたしたちの前をよこぎった。交際中の男子生徒となかむつまじくおしゃべりしていた。昨日のデートで出かけた遊園地はたのしかったらしい。あまりに別世界の空気を見せつけて立ちさったので、わたしたち三人は居心地(いごこち)のわるさを感じた。

「わたしたちって、くらいのかな」

北村さんが心配そうな顔をすると、西沢さんがはげました。

「そんなことないよ。だいじょうぶだよ。本の世界はすばらしいよ」

「でも、詩をそらんじるなんて、ふつうはしないのかも……」

「するよ。こういうのだって、ぜんぜんいいのよ」

一日の授業がおわると、音楽室のあるほうから、管楽器を調整する音が聞こえてきた。吹奏楽(すいそうがく)部の練習が今からはじまるようだった。わたしは管楽器の音が好きだ。管楽器は英語で【a wind instrument】、つまり風の楽器だ。空気の振動で音が鳴るので、そうよばれるらしい。帰宅のため下駄箱のそばで靴をはいていたら姉とはちあわせした。

「まったく、いつまで調整してるつもりなんだか」

姉は管楽器の音を聞きながらぼやいた。調整ばかりで、曲の演奏される気配がなかった。

「部員がそろってないんだよ。それに、何かがはじまる前の、こういう時間、すきだけどな」

「姫子、いっしょにかえろう。鞄、ひとつ持ってあげる」

姉は私とちがって教科書を学校に置きっぱなしにしているので荷物はすくなかった。

「ありがとう、たすかる」

買ったばかりの新品の鞄を姉にわたした。そちらのほうが軽かったからだ。校門をめざしてあるきながらわたしは質問した。

「今度の人で何人目？」

「三人目よ。もんくある？」

「クラスメイト？」

「中学からの友だち」

「ずっとそういうきもちがあったの？」

「友情から化学変化したのよ。姫子、あんたもがんばりな」

餅月姫子さん、と名前をよばれた。ふりかえると図書館の窓から数学の先生が顔を出して、わたしに手まねきしていた。何日か前、解けなかった証明問題について先生に質問をしていたのだが、今、その解き方を説明してくれるという。

「あんたはどこまで勉強がすきなのよ。わたしは先にかえってるからね」

「うん、わかった」

私の茶色の鞄をさげたまま、姉はさっさと校門を出て行ってしまった。

つりかわにつかまってゆられながら窓の外をながめた。たちならぶ家と水平線の上に夕焼け色の空がひろがっていた。駅のホームで姉の姿をさがしたが、もう見あたらなかった。先発の電車でかえったのだろう。わたしはひとりで電車にのりこんだ。先生に勉強をおそわっている間にすっかり時間がすぎていた。

最寄りの駅がちかくなると入り江が見えた。なみうちぎわにちいさな点があった。かたむいた太陽がその子の影をのばして砂浜にやきつけていた。小太郎だと直感した。今日もおよぐのにちがいない。夏の暑さはつづいており、じゅうぶんに水はあたたかいはずだ。

電車をおりて海沿いの道をあるいた。利用者のすくない道だったので、あたりにいるのはわたしだけだった。雑木林と岸壁のそばをぬければ入り江である。

いつもなら小太郎に声をかけていっしょの時間をすごすはずだった。でも今日は無視してとおりすぎようときめた。昨日のけんかのことが頭をよぎっていた。

なにもかも、まっ赤にそまるような夕焼けだった。海も砂浜も、自分の手のひらも赤色だった。風もない。しんとした空気がたちこめていた。

はげしい水の音を聞いた。入り江のまんなかあたりで水しぶきがあがっていた。黒い物体のうかんでいた場所だ。ほそい腕が水面をたたいていた。砂浜にシャツがぬぎちらかされている。

流木か、死体か。昨日の黒い物体がどちらなのかをしらべるために、海へはいったのではないか。

「先生、たすけて！」

せっぱつまったような小太郎の声が聞こえた。鞄から携帯電話をとりだした。119の番号をおしながら、雑草におおわれたみじかい斜面を駆ける。浜辺におりると、砂に足をとられながら、なみうちぎわにむかってはしった。

2

すべての生物は海から。

雷がおちてアミノ酸が。

長い暗闇がつづいた。

わたしの体は、海底をただよっているようだった。

海の中で分解し、とけているようにおもえた。

ときおり、名前をよばれた気がした。

プランクトンの夢を見た。

魚介類（ぎょかいるい）やら、恐竜やら、氷河期（ひょうがき）の夢を見た。

猿が火をおこす夢を見た。

火の明るさがふくれあがり、わたしはまぶしさで目がくらんだ。

世界がかがやきにつつまれて、同時に破裂するような音がした。雷の苦手なわたしはこわくて眠りからさめた。いったいなにがおきたのかわからない。窓が半開きで、カーテンが風にあおられ、おどっている。窓から雨がふりこんでいる。閉めなければいけないのに体がうごかない。また外がかがやいた。すさまじい音。わが家の一室だった。

母が部屋にはいってきて、窓とカーテンを閉めてくれた。ダイエットでもしたのだろうか。見た目の雰囲気がすこしかわっていた。

おかあさん……。声がうまく出なかった。気配を感じたのか、母はわたしのほうをふりかえった。どうしたの、とわたしは聞きたかった。なんでおどろいたかおしてるの、と。

母が二本の電話をした。一本は医者で、もう一本はだれかの家だった。やがてだれかが家に到着した。嵐のなかをいそいできたのか、彼の全身はずぶぬれだった。わたしよりも確実に背が高い、この立派な青年は、はたしてだれだろうか。ぼんやりする頭で、そうかんがえた。

つけっぱなしのテレビでニュースがながれていた。これまでもわたしがさみしくないように、テレビやラジオをつけていることが多かったらしい。わたしが寝かされていたのは一階のひと部屋だった。本来、わたしのつかっていた勉強部屋は二階にあるのだが、おむつをかえるたびに階段をのぼるのはたいへんなので、こちらに寝かせておくことにしたのだろう。もともとテレビやステレオのない部屋だったのだが、わたしのために設置してくれたらしい。

「五年間、意識はあったの？　なかったの？」

ベッドにこしかけて、姉が赤ん坊に授乳しはじめた。結婚してとなり町に住んでいる姉は、よく子どもをつれてわが家をたずねているようだった。

「夢、見てた。原始の、海」

かすれて小さな声しか出なかった。姉は耳をすませて聞いてくれた。窓の外は晴れて、数日前の嵐がうそのようだった。わが家は海のそばにあり、どこにいても波の音が聞こえていた。だからわたしは海の夢を見ていたのかもしれない。

「そう、よかった、眠ってたのか。体をうごかしたり、話したりできないだけで、頭の中ではずっとかんがえごとをしてるのかもしれないって心配してたから。それだったら残酷でしょう。意識があるのはいいことだけど」

頭はぼんやりしていたが、自分の身におきたことを理解するようにつとめた。朝に目がさめると、すぐにカレンダーをチェックしたが、1997年にもどっておらず、やはり2002年のままだった。

わたしは小声で話すことくらいしかできず、体は指先くらいしかうごかせなかった。あいかわらずベッドの上で寝たきりの状態である。しかし医者の話では、リハビリをしていればそのうちほかの部分もうごくようになるらしい。

それよりも面倒なのは、夜があけるたびに父母や姉がわたしの顔を見にくることだ。またわたしが眠りからさめなくなるんじゃないかと、彼らは心配しているのだ。

玄関のチャイムがなる。応対にいく母の足音が聞こえた。ミルクを飲みおえた赤ん坊が、姉の腕の中で眠りはじめた。

「二一世紀に、なったとき、お祝い、した?」

「べつに。いつもどおりだったよ」

つけっぱなしにしていたテレビのニュースキャスターが、耳なれない言葉を口にした。さっきからテレビでおなじ言葉ばかりくりかえされている。何のことだろう。

「9・11って、なに?」

姉は沈痛な面持ちで説明した。

「もう一年以上もたつの。三千人が死んだのよ。ちょうどこの子がおなかのなかにいて、ぱんぱんにふくらんでるときだった。あなたも、この子も、中継を見なかったんだね。世界中の人が、それを目撃したのよ」

よくわからないが、わたしは決定的ななにかを見のがしているらしい。

「2001年9月11日、アメリカで四機の旅客機がハイジャックされた。そのうち二機がニューヨーク世界貿易センターの超高層ビルに激突したんだよ」

男の声が聞こえて、姉が「あら、いらっしゃい」とほほえんだ。さきほどのチャイムは、彼が鳴らしたものらしい。わたしが目ざめて以来、毎日、見舞いにきてくれていた。

「先生、調子はどう？」

彼がベッドのそばにすわった。学校帰りにたちよってくれたらしく、制服姿だった。声が変化して低くなっている。あのときまだ十二歳だったが、今はもう十七歳の高校二年生だ。小太郎は、先生であるわたしの学年を、いつのまにかおいこしてしまっていた。

会社をやすんだ父が、わたしをおんぶして車いすにすわらせてくれた。おんぶしてもらったとき、鼻先にきた父の頭に白髪（しらが）があった。父に車いすをおしてもらって近所を一周した。

「ごめんね、めいわくかけて……」

「いいんだ」

わたしはずいぶんうまく声が出せるようになっていたが、父はあいかわらず無口だった。散歩の途中で小太郎の家の前を通りかかった。表札がはずされて、今はだれも住んでいない。水難事故から半年ほどたったとき、灰谷家はとなりの市にひっこしたのだ。しかし小太郎は自転車でほとんど毎日うちにきてくれたらしい。家族ぐるみで介護の支援もしてくれて、わたしがめざめたあと、彼の両親も見舞いにきてくれた。ほとんど土下座(どげざ)するみたいに頭をさげて、お礼をくりかえしながらかえっていった。

「それにしても、あの子、ずいぶんかわったね……」

「ああ」

「他人、みたいよ」

「小太郎くんには感謝してる」

父は車いすをおしながらつぶやいた。いつもうちにきてくれる小太郎の存在は、父母をはげましてくれたにちがいない。

わたしは毎日、見舞い客とのあいさつでいそがしかった。親戚(しんせき)のおじさんおばさんがたずねてきて、よかったねえよかったねえ、とわたしや家族に話して帰っていった。うるさかったが、お菓子を買ってきてくれるのでうれしかった。あう人がみんな、わたしのことを餅月姫子だと認識していることがふしぎだった。なぜならわたし自身が、自分の顔になれていなかったからだ。

毎日、手鏡をながめた。十五歳で高校一年生だった人間は見あたらない。誕生日の10月をすぎて、わたしは二十一歳になっている。髪型も当時とはちがっていた。わたしが寝ているあいだ、姉がてきとうに散髪してくれていたらしい。しかし姉は器用なほうではない。わたしの髪は、雨に濡れそぼった子犬のようになっていた。

リハビリをつづけて、体を事故前の状態にもどそうと努力した。ひっしにうでをのばして、湯飲みをつかみ、もちあげる。さびついた機械のように、筋肉がきしみをあげた。うでがふるえて、お茶がこぼれる。手にかかって熱いと感じる。でもその感覚がうれしかった。

リハビリを姉の旦那(だんな)も応援してくれた。よく彼は姉と結婚してくれたものだ。わたしがずっとあのままだったら、両親が死んだとき、わたしの世話をしなくてはならなかったかもしれないのに。姉の旦那はふくよかな丸顔で、すてきな心のもちぬしだった。彼が姉と知りあったころ、すでにわたしは寝たきりだった。「はじめまして」とあいさつするわたしに、「そういう声してたんですね」と彼は感動していた。

高校で友人だった北村さんと西沢さんもうちまできてくれた。目ざめてから彼女たちとは電話で連絡をとったのだが、ふたりとも遠方に住んでいるのですぐにはあえなかった。ふたりとも電話口で泣いていたが、客室で再会してからもしばらくは泣いていた。彼女たちはわたしがふかい眠りについてからも何度か見舞いにきてくれたらしい。わたしの父母にはげましの手紙を書き、それは今でも大事に保管されていた。ふたりとも高校を卒業して、すでに大学三年生になっていた。ふたりから同級生たちのその後を聞いた。

「結婚した人だっているのよ」

「会社をたちあげた人だっているんだから」

「最後にわかれたとき、みんな高校生だったのにな……」

わたしはまだ高校生だったときの記憶をひきずっていた。父母によると、わたしは休学あつかいになっており、復学することも可能だという。しかし体はもう二十一歳だ。みんなとおなじように通学すると目立つにちがいない。

「今日はあえてよかった。ふたりともきれいになってたからおどろいたよ」

帰る時間になり、ふたりは上着にうでをとおした。ふたりは目を見あわせ、うなずきあってから、小声で報告した。ふたりとも大学で彼氏ができたらしい。高校の昼休みに三人でごはんを食べて本の感想を話していたのは遠いむかしのことなのだ。時間はながれつづけている。

12月半ばごろには、なんとか車いすなしでもあるけるようになった。つきそいの人がそばにいて、杖をつかなければふらついたが、リハビリは順調だった。日曜日に小太郎と海岸まであるく練習をした。コンクリートの階段にこしかけて海をながめていると、くもり空の下で灰色の海がごうごうと音をたてていた。カモメがとびかい、ときには砂浜におりてきてゴミをくちばしでつついていた。

「眠ってるというか、どこか遠くに行ってる感じだった。ときどき、目をあけてたからな。反射反応で、そうするらしいんだ。まるで人形みたいだったよ」

彼はわたしに話しかけ、本の読み聞かせをしたという。うごかない肉体の中に、思考する意識があり、周囲の声も聞こえているのだと信じていたそうだ。

小太郎は目をほそめて水平線を見ていた。やわらかそうな髪の毛が風にふかれてふるえていた。体つきはほっそりしていて、針金でつくった人形のようだった。日焼けしていないのは、親から運動を禁止されているせいらしい。入り江での件が影響しているのかもしれない。はしゃいでばかりいた小学生は、すっかりおちついた雰囲気の人間になっていた。彼はわたしのかよっていた高校に入学していた。つまりわたしの後輩になったわけだが、学年をおいこして今では彼のほうが先輩だった。

「部活はなにしてるの?」

「囲碁部にはいってる」

「囲碁? なんで?」

「囲碁の漫画がはやってるんだ。意外と女子部員もいるんだよ。少し前までいなかったらしいけど」

「あなたがはいる前は、いなかったんじゃない?」

成長した小太郎の顔を観察した上での推測である。うまく言えないが、彼は男前になっていた。

「言われてみれば、そうかもしれない」

「女の子たち、きっとあなたが目当てで入部したんだよ」

「俺? なに言ってんの? みんな囲碁が好きなんだよ。よく質問してくるんだ。こういうときどうすればいいかって。みんな熱心でさ」

「囲碁を理由にして、あなたに話しかけてんのよ」

「なんでそうなるわけ。まるで俺がもててるみたいじゃないか」

「もててるんじゃない?」

「そんな漫画みたいな展開、あるわけないだろ。女子ひみつアンケートでいつもきらいな男子ベスト3にはいってたんだ。小学生のときだけど。そういう俺に、だれがすきこのんで話しかけてくるんだよ。先生はあいかわらず恋愛ごとにうといんだな」

彼は笑顔を見せた。その顔は小学生のときとかわっておらず、たしかにこの子はわたしの知っている小太郎なのだとおもった。

コーヒーでも飲もうという話になり、海岸をあとにしてファミレスまであるいた。五年前にはなかった真新しい道路が町をつらぬいて、ビデオショップや漫画喫茶がならんでいた。

「いろんなものが、ずいぶんかわっちゃったな」

「先生、無遅刻無欠席が自慢だったのにさ。ずいぶん人生を寝坊したじゃないか」

整備された並木道をあるいた。話に夢中になり、わたしは地面の段差を見落とした。気づいたときはおそかった。つまさきを段差にひっかけて、体勢をくずした。おとした杖が、アスファルトの地面にたおれて、硬い音をたてた。でもわたしはころばなかった。たおれる直前、小太郎がわたしをだきとめてくれた。そばの道路を何台も車が通りすぎた。体重をうけとめたまま小太郎が腕をほどかなかったので、数秒間じっとしていた。やがて小太郎の腕がはなれて、わたしはまた自分の足で立った。

「気をつけろよな」

「うん」

わたしはうなずいて、なにごともなかったようにあるきはじめた。

ファミレス店内はクリスマスにむけた装飾がほどこされていた。窓の外を車のながれがとぎれずにつづいていた。

「……沈んでたのは、流木だったね」

彼から事故の話を聞くのははじめてだった。小太郎がなぜあの入り江でおよいでいたのか、事情は姉から聞いていた。やはり彼は前日に浮かんでいた物体が流木なのか人間なのかをしらべていたらしいのだ。入り江のまんなかあたりでたちおよぎをしていて、彼は足をつってしまった。わたしが通りかかるのを見て、助けをもとめたのだという。

「ずっとあやまりたかった。ありがとう。それから、ごめん」

五年前、わたしは海の底で意識をうしない、酸素欠乏の末、心臓を停止させた。三分たてば死亡率が五〇パーセント、十分たてばほとんど生存がみこめなくなるという状態だった。海へとびこむ直前、救急車を呼んでいたのがさいわいした。救急隊員の手でわたしの体は海からひきあげられて応急処置をうけた。救急隊員がわたしに人工呼吸したらしい。かんがえかたにもよるが、はじめてのキスはあのなみうちぎわで、知らないおじさんとだったというわけだ。

「先生、どうしてがっかりした顔をしてるの？」

小太郎がわたしの顔をのぞきこんで心配そうに聞いた。

「なんでもないよ。がっかりしてないし」

「さっきころびかけたときのこと、気にしてるんだね。だいじょうぶ、俺はなれてるんだ」

小太郎はこの五年間、介護の手伝いで何度もわたしをかかえたことがあるのだった。

「体重のことなら気にすることないよ。健康な証拠だ。重くなってて、すこしおどろいただけだよ」

「がっかりしたよ。たった今」

家にもどったとき、すでに日が暮れていた。わかれぎわ、バイクにまたがって小太郎が言った。

「先生の姉さんのこと、百合子さんって呼んでる。だから先生のことも名前で姫子さんってよぶよ。そういえばふたりとも、雰囲気やしぐさがそっくりだよな。子どものころ、遠目からだと、どっちかわからなかったんだ」

「でも中身はべつもの。姉さんみたいにできたらいいのに。昔、人に言われたことがある。あいきょうがないって」

「どこの馬鹿がそんなことを」

「馬鹿はお前だ」

小太郎はエンジンをかけるとはしりさった。彼が見えなくなってもわたしは家の前に立っていた。わが家の窓からあかりがもれて、夕飯のしたくをする音が聞こえていた。雲が消えて、きれいな白い月が空にうかんでいた。


クリスマスに姉夫婦が特大のホールケーキをかかえてわが家にきてくれた。小太郎は玄関のチャイムを鳴らしてフライドチキンをはこんできた。にぎやかなクリスマスパーティがおわり、大晦日(おおみそか)がすぎて、世界は2003年に突入した。

2月1日、宇宙での作業をおえたスペースシャトルコロンビア号は、地球にもどるときテキサスの上空で炎につつまれた。乗組員七名は全員死亡。二一世紀になってもあいかわらず宇宙は遠い場所だった。

体の麻痺はほとんどなくなっていた。右足だけうごきがにぶく、杖をついてあるくほかは、ふつうの人とおなじ動作ができた。わたしはどこへ行くときも杖をはなさず、三本目の足のように感じられた。

リハビリがすすむと、今後の進路が気になってきた。わたしはこれから、どのように生きればいいのだろう。ひとまずわたしは大学入学資格検定をめざすことにした。通称大検、それに合格すれば大学にはいる許可がもらえるはずだった。

大検について書かれてある本を読んでいるとき、家に電話がかかってきた。母が外出していたので、壁に手をついてあるき、わたしが受話器をとった。

「もしもし、餅月ですけど」

「姫子さんをおねがいします」

はじめて聞く女の子の声だった。

「わたしです」

「あなたが姫子さん？　もう灰谷先輩を解放してあげてください」

灰谷先輩？　小太郎のことだろうか？

「どちらさまでしょうか」

「女子の代表です」

「代表？　何の？」

「まあそれはどうでもいいです。とにかく、あなたはひきょうです」

「ひきょう？」

わたしは頭をかいた。

「昔の先生だかなんだか知らないですけど。先輩の良心につけこんで……。だから、もう灰谷先輩を解放してください！」

そうぞうしい音をたてて電話はきられた。

3

入り江のまんなかまで、およげない距離ではなかった。いつもならきっと楽勝だった。ぬれた制服が、おもりのようだった。入り江のまんなかに到達したとき、小太郎がわたしにしがみついてきた。冷たい水と大量のあぶく。わたしたちはいっしょに沈んだ。海底まではわたしの身長の三倍ほどの深さがあった。沈みながらわたしたちはそれを見た。なみうちぎわから見えた黒い物体だ。一瞬、足におもりをむすびつけられた人間が水中をただよっているのかとおもった。でも実際は、流木が立った状態で海中に静止しているのだった。

わたしと小太郎は流木のそばを沈んだ。それは表面のなめらかな、二メートルほどの木の幹だった。流木に漁業用の網（あみ）らしきものがねじれてからまっていた。一方の端を流木に、もう一方を海底にひっかけている。流木はそれによって海底にむすびつけられていた。

もがいていたわたしの足が偶然に流木を蹴った。付着している藻をゆらつかせて網がふるえた。流木にからまっている部分がわずかにずれた。酸欠でまともにはたらかない頭だったが、そのときひらめきがやどった。小太郎の腕をつかんだまま、わたしはもう一度、流木を蹴った。今度は網のからまっているあたりをねらった。流木のなめらかな表面がさいわいした。ずるりと網がすべってぬけると、流木を海底につなぎとめるものはなくなり、海面をめざして浮上しはじめた。

小太郎をおしだして、流木にしがみつかせた。そこで限界がきた。わたしは泡の音につつまれた。

冷たい入り江の底で、わたしは水のうごきにゆられてすごした。ふと、海底の砂をよく見ると、有孔虫の殻にまじって、ニューヨークでくずれ落ちたビルの破片が沈んでいた。おびただしいそれらの破片が、まるで人骨のように砂浜へうちあげられている。そこでわたしは目がさめた。

窓から月明かりがもれていた。ベッドに半身をおこしてわたしは深呼吸した。さきほど見た夢のせいで全身に汗をかいていた。五年間、原始の海の夢を見ていたときはやすらかなここちだった。でも二一世紀に目ざめてからは、入り江に沈んでいく、あのときの光景ばかりを見る。

翌日の昼、勉強道具を鞄につめようとして、五年前の荷物がそのままはいっていることに気づいた。学校で姉にあずけて持ってかえってもらった茶色の鞄は、あれから一度もつかわれなかったらしい。自分の教科書にまじって、小学六年生用の問題集もはいっていた。あのころわたしは教師で、小太郎は生徒だった。なつかしいきもちで問題集をながめたあと、鞄をさげて外出した。

杖をついて海沿いの道を駅のほうにあるいた。五年ぶりにあるく道はあれはてて、アスファルトのひびわれから雑草がのびていた。今ではその道を通る人はほとんどいないようだった。あたらしい道路が開通してバスをつかったほうが便利になり電車の乗客が減ったのだろう。

入り江は昔とかわらない様子である。両側から陸地がつきだして、海の一部を切りとっていた。灰色の砂浜に立ち、小太郎がおぼれていたあたりを見つめた。

自分はまだそこに沈んでいるような気がした。社会とのあいだに違和感があるのだろう。自分はまだ完全には世界と融和(ゆうわ)していない。リハビリをしながら、この五年間にあったできごとをしらべ、知らない歴史を補完(ほかん)した。しかし片足に麻痺がのこってしまったように、完全に元通りというわけにはいかなかった。

学校を無遅刻無欠席でがんばっていたのは、勉強がわからなくなるのがこわかったからだ。ひとつでも授業を聞きのがすと、先生や同級生たちは教科書のつぎのページにすすんでしまい、わたしはおいて行かれるのではないかという不安があった。今のわたしはすっかりそのとおりになったのだ。姉も、友人も、人類史も、すっかりつぎのページに移行していた。

水平線のちかくに船が浮かんでいた。実際は巨大なタンカーだろうが、ちいさな粒に見えた。わたしは鞄をにぎりしめてファミレスにむかった。

三角関数、指数関数、対数関数、微分法、積分法。ファミレスの窓際の席でコーヒーをすすりながら勉強していると、夕方ごろに突然、制服姿の小太郎があらわれた。

「おばさんに聞いたら、ここにいるっておしえてくれたんだ。勉強してるの？」

「大検、うけようとおもってね」

わたしは勉強道具をテーブルにひろげていた。ファミレス店内はさほどこんでおらず、おなじように勉強したり、ノートパソコンで仕事をしている人が何人かいた。小太郎はむかいの席にこしかけた。

「予備校にかようこともかんがえてる。それまでは自習でがんばるよ」

「三ヶ月前まで介護されてたんだよ？　もうすこし、ゆっくりしてたら？」

「じゅうぶん休んだよ。そろそろうごき出さなきゃ」

数学の教科書にむきなおると、小太郎はコーヒーを注文して鞄から本をとりだした。図書館で借りた本らしい。まさかあの小学生が自ら本を読むようになるとは。わたしをおどろかせるための冗談なのかとおもったが、わたしが勉強している間、彼はしずかに読書をつづけていた。

わたしの頭のなかは高校一年一学期の知識でおわっていた。そのさきにある学問は未知の領域（りょういき）だった。教科書を読んでも理解できないところがいくつもあり、二十分ほど数学の証明問題に苦戦していると、小太郎が本をとじて話しかけてきた。

「俺、その問題わかるよ」

「ほんとうに？」

「まかせろって」

小太郎にノートとペンをわたすと、わたしの苦戦していた証明問題をよどみなく解きはじめた。

「なんでわかるの？」

「半年前にならったからね」

彼の解法を見ながら、わからないところを質問した。こいつにも先を越されている、というくやしさがあった。でもアドバイスをうけて解にちかづいて行くことはおもしろかった。暗闇で手をひかれて目的地までいっしょにあるくことに似ていた。わたしが道にまよいそうになると、彼がこっちだよと声をかけてくれるようなものだ。五年前、わからないことばかりあったのは小太郎のほうだったのに、立場が逆になっちゃったねえ、とおもった。

気づくと外が暗くなっていた。いきからうテールランプの赤色が窓ガラスのくもりでにじんできれいだった。夕飯の時刻になり、店がこんできたので、そろそろ出ることにした。勉強道具を茶色の鞄にしまいながら彼と話をした。

「今日はたすかった。勉強おしえてくれてありがとう」

「俺のこと先生ってよびなよ」

「ぜったいよばないけどね」

「その鞄、百合子さんからもらったの?」

「わたしのよ。なんで?」

「むかし、百合子さんが持ってなかったっけ?」

「ひさびさにあけたら、五年前つかってた問題集がはいってたのよ。家庭教師してたときのやつ。ああ、しまった。小太郎にあうんなら、持ってくればよかった」

「いいよ、はずかしい。俺、あのときのこと、おもいだしたくないんだ」

「丸坊主だったから？」

「俺じゃないみたいだよ。姫子さんに迷惑かけたことしかおぼえてない」

「わたしを怒らせるようなことばっかり言ってたよ」

「からかうのが好きだったんだ。あのときまだ俺は小学生で、姫子さんは大人に見えたしな。からかいがいがあったんだ」

丸坊主の少年時代を知らなければ、はずかしくてまともに話もできなかっただろう。わたしは男子に免疫(めんえき)がない。勉強ばかりで、男子との交流なんてしたことがなかった。

「三日前、あなたのことで女の子から電話があったのよ」

もう灰谷くんを解放してください。

わたしの事情と小太郎の動向を知っている女の子が、どこかで電話番号をしらべてかけてきたのだろう。彼女に言われたことを小太郎に説明した。

「あの言いかたは、あなたにかたおもいしてる子よ。ぴんときたよ」

「かたおもい？　俺に？　姫子さんが、どうしてそんな冗談を言うのかわからないな」

「学校でだれかにわたしのことを説明したでしょう。囲碁部の人にでも話したんじゃない？」

「そういえば後輩の女子に話したっけな、姫子さんのこと」

「その子よ！　あなたに気があるのよ！　どうして気づかないの！」

「たしかにその後輩は、よく話しかけてくるし、いつも俺のほうをぼんやり見てる。でも、かたおもいだなんてかんがえすぎだとおもうよ」

「そうかなあ」

「そいつがなぜか俺の写真をもってため息ついてるのを目撃したけど、ただの偶然だって言ってたし」

「どういう偶然だよ！　ぜったいあやしいって！」

「廊下をまがると、待っていたかのようにそいつがいて、荷物とか持ってくれることが多いけど、でも先輩後輩ってどこもそういう感じだろ」

「鈍感！」

「そいつには嫌われてるふしがあるんだ。いやがらせされたことだってある」

「そうなの？」

「俺が部室にいないとき、そいつ、勝手に俺のサインペンをとり出してつかってたんだ。ノートにぐるぐる丸を描いてた」

「それはおとめごころなんだよ！　いやがらせじゃないんだよ！」

中学時代の女子の友人が、好きな男子生徒のペンを勝手に借用してノートに名前を書いていた。ペンのインクでさえ、好きな人のものなら、彼女にとって宝物だったらしい。わたしはそういうタイプではなかったが、おとめごころは理解できるほうだ。

「まあ、途中から冗談だから、安心してよ」

小太郎はほがらかに言った。どこからが冗談？　わたしはあきれたが、やさしいきもちになれた。にぎやかな高校生活のまっただなかに彼らはいる。友人たちと花壇のそばで詩を暗唱したあの季節に今度は彼らが立って呼吸しているらしい。わたしは寝すごしてしまったが、彼はまだかえっていけるにちがいない。

「あ、それから。明日からわたしのとこにくるのはやめなよ」

店内は満席で、入り口に客がならんでいた。男性の店員がすこし迷惑そうな顔でわたしたちのほうを見ていた。

「わたしがおぼれて昏睡状態になったのが、自分のせいだとおもってるのなら、もうだいじょうぶよ。五年もわが家に通ってくれたんでしょう。もう償いはじゅうぶんすぎるとおもう。だれが見たって、そう言うよ。だからもう、小太郎はもとの生活にもどるべきだ」

「もとの生活？」

「あなたにもやりたいことがあるでしょう？」

彼は首を横にふった。

「わかってないな。俺にはもとの生活なんてないんだよ。あのとき全部、ぶっこわれたんだ。俺は、なんだかまだあの入り江にいるような気がする。時間は止まっているんだよ。五年前からずっとね」

わたしたちは無言で立ち上がり、会計をすませて外に出た。わかれぎわに彼が言った。

「告白したいことがある。よびかけてもこたえない人形みたいな姫子さんと、ふたりきりで部屋にのこされたとき、キスしたんだ」

暗闇のおくから波の音だけがしずかにおしよせてくる。夜の海は宇宙のようだ。視界におさまらない大きな暗闇に、今もたくさんのひみつが沈んでいるのだろう。家にはいる前に、しばらく海をながめながら、小太郎に言われたことを反芻した。

家のなかから赤ん坊の泣き声が聞こえてきた。今日も姉が来ているらしい。入院していた時期をのぞけば、わたしは生まれたときからこの家に住んでいる。いつかそこを出てひとりだちするときがくるのだろう。わたしは漠然と東京の大学に進学することをかんがえていた。

帰宅して夕飯をとったあと、わたしは居間で赤ん坊とむきあい、ほっぺたを人さし指でもてあそんだ。この子がいつか大きくなって、日本を背負うサラリーマンになり、姉夫婦の老後の面倒を見るんだなと想像した。子どもはかわいい。わたしは恋愛にむかないガリ勉女なので、男子とつきあうイメージが持てず、結婚も出産もしないのではとかんがえていた。

「小太郎と痴話げんかでもしたの？」

ひとりで寝室にいたら、姉が部屋にはいってきて聞いた。すやすやと眠る赤ん坊をだいていた。わたしのようすがおかしいことに姉は気づいていた。

「痴話げんかの、痴話というのはね、愛しあう者どうしがたわむれてする話って意味なんだ。だから姉さんは、かんちがいしてるよね」

「ほんとうにそうかな？」

「わたしと小太郎は、先生と生徒よ。逆転して、今ではあいつが先輩になってるだけ」

「ややこしいね」

「まったくだよ」

姉はわたしのベッドにこしかけて、シーツの表面を手のひらでなでた。ストーブの炎をうけて、姉の横顔は橙色だった。

「姫子、夜はずっとここに横たわってた。昼になると、父さんや小太郎がかかえて車いすにすわらせてたの。あの子、ずっとここにいりびたってたのよ。姫子がさみしくないようにね。わたしはあなたがうらやましかったけどな」

うらやましかったのはわたしのほうだ。姉のそばにはいつも男の子がいた。人生をのびのびとたのしんでいるように見えた。

「小太郎のは、そういう感情とはちがうよ。わたしのなかにあるのも、きっとちがうにきまってる」

赤ん坊がおきて泣きだした。わたしもだんだんかなしくなってきた。小太郎になにかしらの感情をいだいているのはたしかだ。でもそれは、姉が言うようなものだろうか。赤ん坊のぎゅっとつむった目から、透明なしずくがにじんでながれた。

「あの日、入り江に浮かんでるあの子を、わたしも見たよ。海沿いの道をあるいてるときだった。あの子が小太郎だったって知ったのはずっとあと。そのときは、ぽつんと浮かんでる物体が見えただけで」

「人間か流木かわからなかった？」

「距離があったから。わたしがのった電車の、ひとつあとにあなたが乗ってきたみたいね。そして例の水難事故がおきたってわけ。家に電話がかかってきてたいへんだったよ。病院に行くと、青ざめた顔のあの子が立っててね。救助されて、バスタオルをまいてたよ。脱いだ服は、砂浜のとこにわすれてきたみたい。あのころは背がひくくて、ほんとうにちいさな子どもみたいだったよね。流木につかまって浮かんでいるところを発見されたんだって。あの子がつかまってた流木に焦(こ)げ目があったこと聞いてる？」

わたしは首を横にふった。

「流木に黒い焦げ目があったのよ。たぶんどこかに生えてた木が、雷にうたれておれたんだろうって話してた。あのことがあるすこし前に、すごい雷の日があったものね」

まったく、迷惑な雷だ。姉がゆらしたおかげで、赤ん坊がしずかになった。

「その日に、全部、ぶっこわれたんだよ、って小太郎が言ってた。姉さん、おしえて。どうすればいい？」

姉はまじめな顔をして言った。

「小太郎にあって、結婚して、って言いなさい。あの子を逃すと、きっともうあんた、一生、無理よ」

もちろんその提案(ていあん)は却下(きゃっか)だ。

ひとり暮らしの計画を説明すると、母は心配そうにしていた。

「地元の予備校じゃだめなの？」

三ヶ月前まで寝たきりだった娘を、ひとり暮らしさせたい親などいるはずもなかった。いつまた体調がおかしくなるかわかったものではない。長期の昏睡状態から目ざめた者には後遺症がのこっている場合が多いのだ。わたしは片足の不自由がのこってしまった。それだけですんだのは奇跡的なことだった。

「決心がにぶらないうちに、東京に出発したいんだよ。それに、わたしはもう二十一歳でしょ。バイトしながら予備校にかよってひとりだちするべきだ」

どの予備校にかようのか、どのへんに住むのか、わたしは自分で決めたかった。毎日、電話連絡することを条件にひとり暮らしの許可を父母からもらった。

わが家から東京までは電車と新幹線をのりついで二時間ほどだった。中学時代、友だちといっしょに出かけたことはあるが、ひとりで行くのははじめてだ。

いくつかの予備校を見学してパンフレットをあつめた。ひとり暮らしの部屋はいくらぐらいかかるのだろうかとおもい、駅前の賃貸住宅業者のはり紙をながめた。東京の家賃相場の高さにおどろき、はたしてやっていけるのかと心配になった。

体が二十一歳でも、経験値は十六年分しかなかったので、多くのことに手こずった。どこに行っても、子どもだからと、おいかえされるような気がしていた。しかしわたしは大人として認識され、寝たきりだった過去を知っているものはいなかった。杖をついて東京の町をあるきながら、ここちよい自由さを感じた。きっといろいろな人がこの都市に住んでいて、わたしのような人間は特別でもなんでもないのだろう。

都会にしかない大型書店で、五年の間にたくさん出ていた好きな作家の本を購入した。本のつまった袋をさげて駅にむかった。日帰りする約束を母とかわしていた。

白い息をはきながら人ごみをあるいていると、冬の空が夕暮れにそまった。地球のまるみさえ感じとれるような高くすんだ空だった。わたしは立ちどまり、小太郎のことをおもいだした。彼とはファミレスで話をして以来、一週間ほどあっていなかった。

すこしかんがえさせてほしいと、わたしは返事をした。

かんがえがまとまったら連絡がほしいと、小太郎は言った。

あれから毎日、あいつの顔をおもいだす。ふとした瞬間、こうして町で立ちどまり、あいつの目やしぐさが頭をよぎる。これが例の、あの感情かもしれないとおもうことがある。今すぐにでもあいつのいるところにはしっていきたいような気もする。だからといってすぐにあうことはできない。あいつは負い目と責任を、その感情とまちがえているのかもしれない。わたしはこの感情を、信じていいものかどうかわからない。これが友情ではないと言い切れない。ほんとうのきもちがたしかになるまで、あいつにあわないほうがい い。わたしは都会の空をあおぎ見た。ビルのてっぺんで赤いランプが明滅をくりかえしていた。

翌日の夜、海沿いの田舎町に雪が降った。わたしは厚手のセーターを着こみ、二階の部屋で勉強をした。海は暗闇の中で、白い雪の粒を音もなく無限にすいこんでいるのだろうと、わたしは勉強しながら想像した。以前の自分なら眠っていた時間だ。しかし東京へ出かけたことが、わたしの勉強意欲をかきたてていた。いくら問題を解いても足りない気がした。深夜一時。燃料がきれたらしく、石油ストーブの炎がちいさくなって消えた。

姉の部屋に小型の電気ストーブがあったなとおもいだした。あれなら軽いので杖をついていてもかんたんに持ってこられるはずだ。昏睡状態からさめて以来、姉の部屋にはあまり入らなかった。結婚して家を出ていたので、姉の部屋は物置になっていた。

姉の部屋で電気ストーブをさがしていると、見おぼえのある物体が目についた。それは棚の上にほっぽりだされてほこりをかぶっていた。ふでばこのような四角いプラスチック製で、あかるい黄色だった。首からさげられるように、ひもがとりつけられている。どこで見たのかをおもいだすのに、すこしだけ時間がかかった。

「病院でひろったの。たぶん小太郎が持ってたものだとおもう。たまたまひろって、いつかかえそうとおもってたんだけど、すっかりわすれてたよ」

夜中だったが、姉はまだおきていた。電話ごしにわたしは説明を聞いた。部屋で見つけたのは小太郎のオペラグラスだった。

「病院で？」

「うん、病院でひろった」

ひらいてレンズを出してみようとおもったが、砂かなにかがかんでしまってかんたんにひらかなかった。ペンのさきをつかってこじあけると、ぱらぱらと砂をちらしながらふたつのレンズがおきあがった。ずっととじてこりかたまっていたまぶたが、ようやくひらいたように見えた。

三日間、多くのことをかんがえた。オペラグラスを顔にあてて遠くをながめながらなつかしいおもいでにひたった。倍率は三倍ほどだったが、海岸を飛んでいるカモメの観察にちょうどよかった。どれだけ頭からふりはらおうとしても、あいつの顔がちらついた。窓辺で海を見ているわたしのそばに、姉がちかづいてきて、どうして泣いているのかと聞いた。姉にはなにもおしえなかった。

わたしと小太郎は、ずっと１９９７年のなみうちぎわにいた。あの子は体が大きくなったけれど、きっとまだあの砂浜にいる。

4

空一面に灰色の雲がひろがっていた。わたしは入り江の砂浜におりると、うちあげられている板を杖のさきでつついたりしながら、高校生のときの記憶をひっぱりだした。あのころわたしは無遅刻無欠席の大記録をつくるために体調をくずさないよう気をつけていた。風邪をひかないよう、シャツをズボンにしっかりいれておなかをまもった。おもいだすとおかしくなってきて、寒さでふるえながら、わたしはにやにやした。

「よかった、きげんがよさそうで」

灰谷小太郎がいつのまにかすこしはなれたところに立っていた。海沿いの道に彼のバイクがとまって、そこから砂浜に足跡が点々とつづいていた。学校がおわって直接きたらしく、彼は制服すがたで、潮風に目をほそめていた。わたしたちはならんでなみうちぎわをあるいた。

「半月ぶりだね。チョコレートもらった?」

2003年2月14日。世間ではチョコレートを贈るのがはやっていた。彼はきっとたくさんもらったのだろうなと想像した。

「うん。でも、ぜんぶ義理だとおもう。女子はたいへんだな。みんなにああいうのをあげなくちゃいけないんだから」

「どういうのをもらったの？」

「手書きの手紙がそえられてて、愛の告白めいた文章が書かれてるんだ」

どうやったらそれを義理チョコだとおもえるのか聞きたいところだ。でも、まあいいか、とおもいながら、わたしはポケットからチロルチョコをとりだした。家をでるとき、台所の棚で発見したものである。

「はい、これ。いちおう、あげるよ」

小太郎はちっぽけな二十円のチョコを手にとってうなずいた。

「これは本命だよね」

「そう見えるの」

小太郎はにっこりとわらって、チョコレートをポケットにいれた。体温でとけなければいいがと心配していたら、彼がいいことをおもいついたという顔で提案した。

「そうだ、たき火だ。たき火をしよう」

「さあ、いよいよおかしなことを言いはじめたぞ……」

「わるいけど、姫子さん、俺はちょっとたき火にはうるさいよ」

ふたりでてわけして燃えそうなものをひろいあつめた。海岸にうちあげられている板や、道ばたにおちていたゴミ、ちかくの雑木林からはこんできた枝を砂浜に置いた。たき火に美意識を持っているらしい小太郎の指示にしたがってわたしはうごいた。枯れ枝をつんで、ちいさな山ができると、わたしは不安になった。

「ほんとうにやるの？」

「俺はね、姫子さん、あそびで火をともそうとしているわけじゃない。本気のたき火を、これから見せてやる。でも、すこしまって。ライターを買ってくる」

駅前にさびれたたばこ屋があった。小太郎はライターをもとめてその店にはしった。わたしはひとりで砂浜にすわってうちよせる波をながめた。それにあきると、杖のさきで砂に燃焼反応の化学式を書いた。炭素1モルと酸素1モルから二酸化炭素1モルが生成するときに発生する燃焼熱は何キロジュールだろうかと計算した。こたえは393キロジュールだった。

やがて息をきらせながら小太郎がもどってきた。制服だったので買うのに苦労したらしいが、彼はライターをにぎりしめていた。小太郎はおちていた漫画雑誌をやぶって火をつけた。ちいさな火種(ひだね)を枯れ枝の山にいれると、火はまず小枝の先端に燃えうつり、しだいに大きくなっていった。枯れ枝の山のうちがわから、白いけむりが発生しはじめた。わたしたちは真剣なきもちでたき火とむきあった。ぱちぱちと枝の焦げる音がした。わたしたちはおしゃべりをやめて、目の前でゆらめいている、蛇の舌にも似た炎に見いった。

燃焼とは発熱と発光をともなう酸化反応である。炭素と酸素が出会い、くっつくことにより、赤色のかがやきは生みだされる。わたしは小太郎の横顔を見て、また炎を見つめた。色恋沙汰にはうといほうだが、愛と恋のちがいについて抱いているイメージがある。

燃焼反応の化学式だ。愛とは状態のことで、恋とは状態が変化するときに放出される熱なのではないか。一階から二階へ階段をのぼると体があったかくなるのとおなじだ。心が熱を発しながら、今よりも上の、広くてふかい愛情の段階へ移行しているのだ。

「あのころは俺、登校拒否してて、勉強なんてきらいだったのに。今、まともに高校にかよってるなんて、ふしぎだな」

「どうして勉強するようになったわけ？」

「姫子さんがおきたとき、俺がちゃんとやってないと、がっかりするだろ。それに、今度はおれが勉強をおしえようとおもってね。だから、あの事故のあと、一度も学校をやすんでないんだぜ」

「きらいな先生でも、がまんして通った？」

小太郎は枝でたき火をいじった。枝に炎がのりうつって、それをしずかに見つめた。たき火の中から枝のはぜる音がして、火の粉がふきあがった。

「イバラ、だっけ？　担任教師の先生」

「うん、小五のときだった。昼休みに、あいつのものまねをして、友だちをわらわせてたんだ。それが見つかって、あいつ、俺のことばかり集中的に攻撃しはじめた。だれかが掃除をさぼってても、見ないふりするのに、俺があそんでいると、怒るんだ。俺がなにかやらかすのを、いつも見はってたんだよ。算数のテストの前に、イバラが言ったんだ。もしも点数が五十点よりひくかったら、放課後にいのこりで勉強させるからな、って。俺はみんなとあそびたくてがんばった。結果は四十七点。でも、もどってきた解答用紙を見て、あれ？　っておもった。正解を書いてたはずのところが、まちがった解答になおされて、ぺけをもらってたんだ。ここはあってたはずだよ、って俺はイバラに話した。でもとりあってくれなかった。あいつの目を見て、俺はわかったんだ。解答用紙を書きかえたんだ。まちがったこたえになおして、俺をいのこり組にいれたんだ。そんなの反則だろ。俺のことがきらいだとしても、やっちゃいけないことだよ。大人がそんなことするなんて、信じられなかった。ほかの先生に話しても、親に言っても、信じてくれる人はいなかった。あいつのものまねなんて、しなきゃよかったよ。でも、俺のしたことなんて、あいつがやったことにくらべたら、ちいさなことだとおもうんだ。学年がかわって、イバラとおさらばになるはずだった。でも六年になってもあいつが担任だった。最悪だよ。だから俺、六年生の春から学校に行くのをやめたんだ。あのころの俺、大人がきらいだった」

小太郎は持っていた枝をたき火のなかにほうりこんだ。

「あのころ、姫子さんのことも大人に見えたよ。いいやつそうだけど、内心ではイバラみたいに、俺のことをきらいだったらどうしよう、って。姫子さんのことを、信じていいのかどうか、わからなかったんだ」

「だから、ためしたんだね」

ゆれる赤いかがやきのせいで、わたしたちふたりの影はふるえていた。わたしはポケットからオペラグラスをとりだした。

「これ、姉さんの部屋にあった」

「なくしたとおもってた。百合子さんが持ってたのか」

「病院でひろったあと、わすれてほったらかしにしてたみたい。最後につかったのは、この入り江だったんでしょう。砂がはさまってたよ。星のような形をした砂。近所では、この入り江にしか見あたらない、有孔虫の殻だ」

「うん。最後につかったのは、この入り江だ」

「それも、砂浜でつかってたんじゃない。首からさげて、入り江のまんなかで立ち泳ぎしながらつかってたんだ」

「どうしてそうおもうわけ？」

「あの日、救急隊員がわたしとあなたを救急車にのせる様子を想像したんだ。きっとあわただしかったんだろうなって。だから小太郎は、脱いだ服を砂浜のとこにわすれて、病院ではバスタオルだった。姉さんがそう言ってたよ。でも、おかしくない？　オペラグラスだけは病院に持ってきてたなんて。だからきっと、これは小太郎が首からさげてたんだってかんがえたんだ」

オペラグラスにはひもがついていて、首からさげられるようになっている。彼はこれを首からさげておよいでいたのだ。

小太郎はオペラグラスをうけとり、つよくにぎりしめた。

「姫子さんのかんがえてることはただしい。もう、気づいてるんだろ」

わたしはうなずいた。五年前、小太郎は入り江のまんなかでおぼれていた。でもそれは嘘だった。小太郎はおぼれたふりをしただけなのだ。

なみうちぎわにむかって彼があるきはじめたので、わたしはそれをおいかけた。波がおしよせて、ひいていく、永遠の運動をくりかえしていた。たき火からはなれると、つめたい世界だった。流木か、人か。五年前、わたしたちはこの場所で、入り江のまんなかに浮かんでいる物体を見つけた。小太郎はそれを人だと言い、わたしは流木だと言った。距離があって、その正体がどちらなのかわからなかった。

「前日にけんかしただろ。だから信じられなくなって、証明しようとしたんだ。おぼれてる俺を見て、姫子さんは、きっと見すてて逃げるにちがいないって」

「入り江のまんなかから、なみうちぎわを見たとき、あるいてる人の顔までわかった？」

「だめだった。流木か、人か、それもわからない距離だ。だからあの日、これを持って行くことにした」

小太郎はオペラグラスを見下ろした。灰色の海から波が手をのばして彼の靴をぬらした。電車の音が遠くから聞こえた。一両編成のバスみたいな電車が遠くをよこぎっていた。

「あの日、電車が駅に着くたびに、海にはいって入り江のまんなかへ移動した。そこで立ちおよぎして、姫子さんが通りかかるのをまった。だれも駅でおりなくて、またなみうちぎわにもどるっていうのを、何度かくりかえしたよ。道を通る人はあんまりいない。遠目からでも制服の見わけくらいついた。姫子さんがきたら、すぐにおぼれたふりをするつもりだった。でも、ひとつだけ気をつけなくちゃいけないことがあった」

五年前の事故の日、おろしたての茶色の鞄を姉が持ってかえってくれた。最近、鞄のなかを見てみると、当時の荷物がはいっていた。五年の間、一度もつかわれたようすはなく、姉がその鞄を持って外をあるいたのは事故の日だけだった。

先日、小太郎がファミレスでわたしの茶色の鞄を見たとき、姉からゆずりうけたのかと質問した。彼は事故の日に姉を目撃していたのだ。どこから？　入り江のまんなかからだ。彼が海に浮いていたことは姉の話から聞いている。

小太郎はオペラグラスで姉の通る姿をチェックしていた。なぜそんなことをしなくてはいけなかったのか。

「悲鳴をあげて、よびとめる相手を、まちがっちゃいけなかった」

「姫子さんと、百合子さんは、外見が似てたからね。制服もいっしょだったし」

流木か、人間か。妹か、姉か。入り江のまんなかにいる小太郎は、姉ではなく、わたしにむかってさけぶ必要があった。先生、たすけて、と。

「姫子さんが俺を見すてて逃げたら、そのことをわらって、へこませてやろうとおもってたのにな。おもいだすと、頭がおかしくなりそうだ。姫子さんが海にはいってきておよぎはじめたとき、俺、やばいとおもったんだ。ただのおぼれたふりだから、浜辺にもどってよって、知らせようとした。でも、姫子さんは気づかなかった」

「あなたのそばまで泳いだけど、力つきちゃったんだ。逆におぼれちゃって。あなたにしがみつかれたんだとおもったけど、そうじゃない。沈んでいくわたしを、ひっぱってたすけようとしたのか。オペラグラス、首からさげてたのにも気づかなかったな」

「救急隊員が駆けつけて、姫子さんに人工呼吸したんだ。みんな必死な顔だった。俺はこわくて何も言えなかった。五年間、ずっとだまってた。頭が破裂しそうだったよ。どこにいてもおちつかない。人が話しかけてくるたびにびくびくしてた。俺は姫子さんの家族の人生を半分くらいこわしてるとおもうんだ」

ひたひたとなみうちぎわでゆれている水のなかに小太郎が入っていった。わたしも彼のとなりに立つ。海がゆらめくたびに、膝のあたりで水面の感触が上下した。小太郎は水平線を見ていた。つかれたような横顔だった。心をすりへらして彼の少年時代はおわってしまったのだ。

「わたしは結局、死ななかったでしょう。あなた、だれもころしてないじゃない。たき火のそばにもどりましょうよ。ここにいると、冷たくて、なんだかさびしいよ」

わたしは小太郎の腕をつかんでひっぱった。

「もしかしたらずっと回復しないままだったかもしれない。そのままおばあちゃんになって、死んでたかもしれない。それでも俺、毎日、あの家に通って、最期までいっしょにいようとおもってたんだ」

砂浜をふりかえると、炎は何かを空へおくる儀式のように燃えつづけていた。

「罪の意識や、良心の呵責も、あったとおもうよ。でもね、もっとちがう感情が胸の中にあることも、俺はわかってた。拷問のようだったよ。それのせいで俺は、頭がどうにかなってしまいそうだった。それにくらべたら、罪の意識とか、良心の呵責なんて、ちっぽけなもんさ。もっとそれは、ほんとうに息がくるしいようなきもちなんだ。かなしいような、つらいようなものだったんだ。だから俺は、毎日、そばにすわって名前をよびかけた。波の音を聞きながら、しずかな部屋で俺は、その名前を口にした。長い眠りからさめたら、俺はつたえようとおもっていた。ごめんなさい、先生。姫子さん、ごめんなさい。ためしたりなんかして。そんなこと、しなくてもわかってたはずなのに」

あのとき、海面でゆれている黒い漂流物を小太郎が発見した。小太郎は人だと言い、わたしは流木だと言った。寝たきりのわたしも、どちらかわからない状態だったにちがいない。わたしの目がさめたのはたぶん、彼が名前をよびつづけてくれたからだ。わたしたちはたき火のところまでもどって、肩をよせあい、あたたまった。みっともないことは絶対にするまいとおもっていたのに、わたしは結局、鼻をすすって、涙をふいた。

入り江の上をカモメがとんでいた。潮風をつばさにうけて、高く上昇した。

２００３年３月末。

校門から校舎までつづく桜並木はほぼ満開だった。わたしのかよっていた高校は、春やすみにはいっており、生徒はあまり見かけなかった。

事務室をたずねると、女性の事務員がテレビをながめていた。報道番組で空爆のニュースが語られていた。ずっと休学あつかいになっていたわたしは、ようやく退学届を提出した。音楽室のあたりから、管楽器の調整をする音が聞こえてくる。管楽器は英語で【a wind instrument】。風の楽器だ。

囲碁部の部室に行ってみると、小太郎が腕組みして碁盤(ごばん)をにらんでいた。対戦していたのは男の先輩で、どうやら部長のようだった。対戦をそばで見せてもらっていたのだが、女子部員が何人か部室にはいってきて、わたしのほうをじろじろと見るので居心地がわるかった。

「ひっこしの準備はすんだ？」

「帰ったらいそいでやらなきゃ。記念に校舎の中も見てみたいんだけど、はいってもだいじょうぶかな？」

「こそこそしてれば、問題ない」

部室を出て、わたしたちは、こそこそと校舎にはいった。

廊下で耳をすますと、ざわめきと足音が聞こえてくるようだった。自分のいた教室にも行ってみた。三学期のおわったあとは、教室がすっかりかたづいていて殺風景だった。

窓をあけると、風がはいってきてカーテンがゆれた。外からホイッスルの音が聞こえてくる。グラウンドで陸上部が練習しているのだ。すぐそっちに行くよ、とか、わかった、待ってる、とか、小太郎と恋人らしい会話をした。これからいろいろなことがあるのだろうな、とおもった。でもわたしたちはだいじょうぶだとおもうよ、と小太郎に話をした。だって、わたしはあなたを見すてなかったし、あなたもわたしを見すてなかった。だからだいじょうぶだという気がするんだ。わたしたちはうなずきあった。小太郎は囲碁部の部室にもどり、わたしはひっこしの準備をするため学校を出ることにした。

1997年の夏、わたしたちは先生と生徒だった。

けんかをして、海沿いの道を、汗だくになりながらあるいた。

小太郎はいらついたような顔であるき、わたしも、むっとした表情だっただろう。

はるか遠い、大昔のことだ。

杖をつきながら校門にむかっていると、音楽室のほうから、管楽器の演奏が聞こえてきた。卒業式で演奏される、聞きおぼえのある曲だ。長い調整をようやくおえたらしい。わたしは立ちどまり、耳をすませた。

風がふいて、前髪をゆらす。風と自分の呼吸とがかさなり、とけあった。入り江で沈んでいる夢を、もうわたしは見ない。

ハミングライフ

中村　航

中村　航（なかむら・こう）
１９６９年岐阜県生まれ。芝浦工業大学工学部卒業。２００２年『リレキショ』で第39回文藝賞を受賞しデビュー。03年『夏休み』が芥川賞候補になり、斯界の注目を集める。04年『ぐるぐるまわるすべり台』で第26回野間文芸新人賞を受賞。05年に上梓した『１００回泣くこと』はベストセラーになるなど、独特の世界観と魅力的な文体が、多くの読者を惹きつけている。近著に『絶対、最強の恋のうた』『あなたがここにいて欲しい』（祥伝社刊）などがある。
著者公式サイト
http://www.nakamurakou.com/

街にはさまざまな営(いとな)みがあって、誰もいなくなるとその跡だけが残る。

巨大な都市の無数にあるビルや商店や道路では、想像もできないくらい多くの人のいろんな営みがあって、きっとそれぞれに意味や意義があるんだろうけど、そのうち私が捉(とら)えることができるのはどれくらいのものかと考えて、南無(なむ)ー、となった。

誰かの営みの跡を見つけると、少しだけ嬉しい気分になる。

たとえば石ならべで遊んだ跡を路地のすみに発見したり、ビルの屋上に灰皿が置いてあるのを見つけたり、小さな川に一枚板が渡してあって、それがある人専用の橋なんだと気付いたり、どこかの家の玄関脇に小さく塩が盛ってあるのを発見したり。

自分だけが気付く、小さな小さな誰かの営み——。

でもそういうのを見つけたのも、ずいぶん久しぶりのことだと思った。

十四時くらいになると、私は三十分の昼休みをとってお店を出る。天気が良い日は、近くの売店で牛乳とサンドイッチを買い、公園に行く。

テニスコートが二面取れるくらいのその公園には、すべり台と、土を盛ったトンネルと、ほかにも小さな遊具がいくつかあった。この時間には人がいないことも多い。

私はベンチに座り、牛乳パックにストローを差す。

誰かが吹いているのか、どこか遠くからトランペットの音色が聞こえてきた。その旋律をハミングでなぞり、私は牛乳を飲む。

公園の左すみには、一段高い区画があった。そこには腰丈くらいの木が密に植わってあって、ところどころ高い木もある。茂みの下のほうに、何か黄色いものが見える。

その黄色いものを眺めながら、私はサンドイッチを食べた。それは昨日までもあったような気もするし、なかったような気もする。トランペットの音は、いつの間にか止んでいる。

サンドイッチを半分食べたところで、茂みに近付いてみた。枝葉の向こうをのぞき込むと、それがプラスチック製の皿だということがわかった。黄色い皿。新しい感じではないけど、古い感じでもない。直径は十センチくらいで、へりの部分に〝gathering〟とプリントされている。

置く、というのとも、隠す、というのとも違って、それでも人為的な感じにそれはあった。皿、と思ってまたサンドイッチをぱくついていると、奥のほうに何かの気配の移動があった。

茂みの向こうに目をやると、今度は猫だった。私と目が合った猫が、ゆっくりと動きを止める。

皿……と、猫……。私はその結びつきに気付いていった。

きっとその黄色い皿は、誰かが猫に餌(えさ)を与えるために使っているのだ。私はゆっくりと理解していった。小さな小さな誰かの営みを。

動きを止めた猫は、一応、という感じに私を見ていた。警戒はしていないようだ。かまってくれてもくれなくてもどっちでもいいんだぜ、という感じ。

私は猫の立場に立って、猫的な思考をめぐらしてみた。

多分この猫は、皿を眺めている私を見つけて、わざと自分の姿を現したのだ。オレ様はここにいるぜ、と。そこに皿があるだろ？　と。何だったらオレ様の血肉になるようなものを、そこに入れてもいいんだぜ、と、多分そんな許可を与えるつもりで、猫は自慢の毛並みを見せに来たのだ。

私は口笛を吹いていた。

それはさっきのトランペットのフレーズかもしれないし、ちょっと違うかもしれない。適当なメロディーが、適度な幸福感を含んで、春の公園の空気に溶けていった。

この旋律を覚えておこう、と、私は思った。旋律の名は、『イトナミのテーマ』だ。

猫にあげる餌なんて持ってなかったけど、少し迷って牛乳をあげてみることにした。パックからストローを抜き、ちゅう、と皿に絞った。

「少しですけど」

猫に向かって黄色い皿を差しだすと、彼（あるいは彼女?）は音をたてずに近付いてきて、そのままかがみ込むように牛乳を舐め始めた。

茶色のトラ毛だった。野性を感じさせるしなやかなフォルムを、美しい毛並みが覆っている。私は感心しながらそれを眺めた。あったかそうな耳に、ぴん、と立った精緻なヒゲ。こんなところを動きまわっているくせに、白くてきれいな脚をしている。

牛乳を飲み終わった猫は、一度だけ私の顔を見た。名残り惜しいという感じでは全然なかった。じゃあまたな、という感じに体をひるがえし茂みの奥へと消えていく。Wild heart.

黄色い皿を元に戻し、私は立ち上がった。猫はもう、どこにいるのかもわからなかった。

猫の去っていった茂みの先に、大きな木があった。私は吸い込まれるように、幹の中央の一点を見つめた。そして思った。

——どうして今まで気付かなかったんだろう。

その木には、ぽっかり空いた洞があった。下から一メートルくらいのところに、黒く、深く、それはあった。入り口は握りめしが楽に入るくらいの大きさだ。

なぜだか、ちょうどいい、という言葉が浮かんだ。ちょうどいい高さに、ちょうどいい大きさのウロがある。

私は猫が、ひょい、と木に飛び昇って、ウロの中へと消える姿を想像してみた。だけどそんなわけはなかった。

口笛を吹いてみたけど、もちろんウロからは何も出てこなかった。

耳を澄ましてみたけど、もちろんこだまは返ってこなかった。

◇

こうして毎日の習慣がひとつ増えた。

私は昼休みになると公園に行き、猫に牛乳をやった。

牛乳は大きめパックを買うことにして、それからカツブシのパックも持っていくようになった。牛乳にカツブシをまぶすと猫の喰いつきが違った。

猫の頭をつんつんと突き(つつ)ながら、私は営みの時間差について思いをはせた。朝なのか夕方なのかはわからない。私がこの猫に牛乳をやるのと同じように、多分どこかの誰かも黄色い皿を使って、猫に餌を与えている。

この皿を介して、私と誰かは確かに繋がっているように思えた。だけどその誰かと私は、近いのだろうか。それとも遠いのだろうか?

猫が去ると、ウロを眺めた。ウロはいつも、黒く、深く、そこにあった。実際にはサンドイッチがひとつ入るくらいの深さかもしれない。でももしかしたらそれは、無限に深い穴かもしれない。

〝gathering〟とプリントされた皿を茂みに隠し、私は立ち上がった。

私は誰かが猫に餌をやるところを想像してみた。その誰かは、普通に考えると近所のおばさんとかだろうけど、なんだかんだ言っても夢見がちな私は、やはり若いお兄さんを想像してしまうのだった。

猫好きだけど猫と馴(な)れ合わない感じで、細身で、格好(かっこ)良くて、脂(あぶら)ぎってない人。ノン・マッチョで、ヤンキーでもファンシーでもなくて、自分のことオイラと呼ばない人。世界中のノラたちがどうか飢えや寒さを凌げますように、と願ってしまう人。

　そんな優しげな文科系硬派を思い浮かべようとして、いかんいかんいかん、と私は首を振った。私はリアルを生きる女なのだから、いつまでも妄想を走らせている場合ではない。もうすぐ十代を卒業するのだから、そういうのも卒業しなくてはならない。

　私はリアルを生きる女、と、もういっぺん唱えてみた。しかしその言葉には、あまりリアリティがなかった。

◇

　ある晴れた日、猫が姿を見せないことがあった。

　しばらく待っても、声を出して呼んでみても、猫は現れない。私はそれでも皿を取りだし、牛乳を注いだ。カツブシもまぶしてみる。

　五月の午後だった。ベンチでサンドイッチを食べながら、私は猫を待った。

　風はゆるく、日差しは穏やかで、公園には誰もいなかった。サンドイッチを食べ終わっても、猫は姿を見せない。

　停止した時間のなかで、公園の遊具を眺めた。

もしかして、と思った。これでお別れなんだろうか……。人とノラはこんなふうに、あっけなく別れるのだろうか……。

立ち上がって、再び茂みに向かった。口笛を吹いたり、周りを探してみたけど、猫はやっぱりどこにもいない。

私は木のウロを見つめた。黒く深いそのウロから、猫がのっそり顔を出すところを想像したけど、そんなわけはなかった。

私は吸い込まれるようにウロに歩み寄った。ゆっくりと、なめらかに。ウサギ穴に誘われたアリスのように、夢寐的に――。

穴をのぞき込みながら、どうして今までここをのぞかなかったのだろう、ということを考えていた。初めて目にしたときにのぞいたとしても、不思議じゃなかったのだ。

のぞき込むことによって顕在した木のウロは、もちろん無限に深いなんてことはなかった。それは木の太さからいって、しかるべき深さにあった。フクロウが住むには狭すぎるけど、スズメが住むには広すぎる。リスのカップルになら自信をもってお勧めできる。

ウロの奥に、何か白いものがあった。それは紙のようなものだった。

手を伸ばし、ひょい、とつまみ上げてみた。それは折りたたまれた紙だった。その折りたたまれ方は、私に愉快な予感をさせるに十分なほど、人為的だった。

……何だ？　何だこれは？　誰かが隠した秘密の地図なのか？
私はゆっくりと紙を開いた。中身を見る前から、半笑いになっていた。
それは、こんな紙だった。

私は満面の笑みになっていた。素晴らしい！
何て素晴らしいものを見つけてしまったんだろう。素晴らしすぎる。描いた人も素晴ら

しいが、見つけた私のことも褒(ほ)めてやりたい。

どこの誰かは知らないけれど、こんなことをする人がいるなんて驚きだった。誰かの営みが、全然関係ない誰かをハッピーにする。それはとても素敵なことに思えた。

私は紙を元通りに折りたたみ、口笛を吹いた。イトナミのテーマは今、私を含んだ空間にきれいに馴染(なじ)んで、消えていった。旋律は幸福感のその先に、世界への期待感みたいなものをうまく表現してくれていた。

振り返ったときに、もうひとつ驚いたことが起こった。

足下にはいつの間にか猫がいて、あたりまえのように牛乳を飲んでいたのだ。

◇

次の日から、私の午後にまた新しい習慣が加わった。

それによって私の生活は、新しい色を帯びたように思う。人物とすべり台と太陽だけに色があった絵に、背景の空をぬり終えた感じ。空の色は突き抜けた青かもしれないし、淡(あわ)い黄色かもしれない。あるいは薄いピンクのような色かもしれない。

朝、私は電車に乗ってお店に向かった。駅から少し歩いて、小さな路地に入る。お店の鍵を開けて、簡単な掃除をし、ＯＰＥＮの札を玄関にかける。

民家の一階を改築して作った店の名を『テラ・アマタ』といった。輸入雑貨を扱う小さなお店。二階には大家さんが住んでいるけど、顔をあわすことはほとんどない。

お客さんが来ると簡単に接客をして、それ以外の時間は品出しをしたり、簡単な帳簿をつけたりした。ゴム印を使って、値札を作ったりもする。路地の先に専門学校や美術館があるので、案外途切れることなく、お客さんはやって来る。

十四時前になると店長がやって来て、現金や帳簿や仕入れ品のチェックをした。私はいくつかの報告をし、またいくつかの指示を受ける。店長は他にも同じような店を三軒持っていて、そこを順にまわっている。

忙しい日でなければ、ここで店長と店番を交代して休憩をとった。

売店でサンドイッチと牛乳を買って、公園のいつものベンチに座る。ポケットには、メモ帳と鉛筆と、カツブシのパック。サンドイッチを食べ終えると、私は茂みへ近付く。黄色い皿に牛乳を注げば、計ったかのように猫が姿を見せる。牛乳を飲む猫をしばらく眺めたあと、私は木のウロをのぞく。

あの日、〝Hello!〟と書かれた紙を見つけたウロには、次の日、〝Where?〟と書かれた紙が入っていた。文字の下には、何かを探す猫の絵があった。猫は昨日まで隠しておいたはずの紙を必死で探しているようだ。

あんまり可笑しくて、私は声を出して笑ってしまった。それでベンチに座って返事を書いたのだった。

——ごめんなさい。Hello! の絵があんまり可愛かったので、家に持って帰っちゃいました。でもちゃんと机の上に飾ってあります。戻したほうがいいですか？

次の日、ウロには再び手紙が入っていた。

——戻さなくていいです。あなたは誰ですか？ 木の精かなんかですか？

半笑いの私は、また返事を書いた。

——私は猫に牛乳を与える名もなき者です。妖精とかそういうものとは全然違います。あなたは誰ですか？ 猫じゃないですよね？

次の日、ウロにはやっぱりちゃんと返事が入っていた。

――猫じゃないです。僕は猫に餌をやる名もなき者です。どちらかと言えば犬に近いと思います。髪は天然パーマです。

ほほう、と私は思った。髪は天然パーマです、という一節がいかすじゃないか。

――そうですか。私はてっきり、猫が夜中に手紙を書いて、投函（とうかん）しているのかと思ってました。

――猫じゃなくてすいません。最近あの猫、何だか毛づやが良くなってきたな、と思っていたのですが、牛乳を飲ませている人がいたのですね。

――牛乳にカツブシをまぶしてます。牛乳も好きみたいだけど、カツブシも好きみたいですよ。

――そうですか。僕の経験から言うと、彼はアンコを愛しているようです。あんまりアンコを与えるのは良くないと思いますが。

それで私は次の日のお昼に、あんパンを買ってみた。少しだけ牛乳に添えると、猫は私の手をぐいっと押しのけるようにして食べ始めた。本当だ、と私は笑ってしまった。これは相当に好きらしい。

――アンコ凄(すご)いです。でもあげるのは月に一回くらいにしときます。ところでこの猫、名前はなんていうんですか？

――名前は知りません。つけちゃいましょうか？　僕はハルンボがいいと思います。

――そんなのはイヤです。私はチャゲがいいです。

それから一週間くらい、ああでもない、こうでもない、とやりとりが続いた。

ボロンゴがいい（と彼）。↓コーラがいい（と私）。↓ドミンゴがいい。↓トニーがいい。↓スタンプもいい。↓ウロがいい。↓ドロンパでいい。↓トラがいい。↓ドロンボもいい。↓それはイヤだ。↓じゃあモモンガで。↓もう何でもいい気がします。

――わかりました。じゃあドドンパってのはどうですか？

――うん。いいかもしれないですね。

結局、アンコ好きのこの猫の名はドドンパに決まった。ドドンパにするくらいだったらハルンボで良かったような気もするけど、本当はドミンゴでもドロンパでもなんでも良かった。

それからしばらく、猫の縄張りや年齢、性別についての情報を交換した。猫の話題が尽きると、その年、春から快進撃を続けていたヤクルトスワローズの話をした。スワローズに飽(あ)きると、モンゴル出身の力士の話にもなった。ここまでで一ヶ月以上が過ぎていた。

〝gathering〟とはどんな意味か？　と問うと、『集まり』とか『集会』だと返ってきた。

――今日はいい天気ですね。

——そうですね。

前日の雨から一転して、とっても天気の良い日に、そんなやりとりがあった。だからつまり彼は、朝、ドドンパに餌をやっているらしい。

私は木のウロをウロポストと名付けていた。ウロポストにはだいたい毎日、小さなウロレターが届く。新しいウロレターを手にすると、私はいつも口笛を吹いた。イトナミのテーマは、最も相応しい『吹かれる場』を得たのだ。

季節は春から夏へ、少しずつ空気の濃度を増していった。私は毎日の習慣として、ウロレターを受け取った。

——僕はだいたいベンチに座って書いてますよ。

そんなことが書かれたウロレターを手に、私は自分の座っているベンチの左端を見つめていた。そこにはもちろん何の残像もなかったけど、今日の朝、つまり何時間か前、この人はここで手紙を書いたのだ。

私は相手のことについて考えてみた。私は半分くらい彼にホレていたのかもしれないけど、いかんいかんいかん、とも思っていた。私はリアルを生きる女なのだから、ウロレターなんかで見知らぬ天然パーマにホレている場合ではなかった。

でも無理かも、とも思っていた。

私たちは、どこに住んでいるのか、とか、どんな仕事をしているのか、とかそういう話はほとんどしなかった。相手はだいたいこんな感じの男子、と私は勝手にイメージしてしまっていたけど、そんなものがリアルであるわけがなかった。極端な話、相手は女の子なのかもしれないし、天然パーマのおじいさんかもしれないし、ませた小学生かもしれない。もしかしたら本当に猫が書いているかもしれないのだ。

現実に結びつくような話題も少しはあった。

まずはお互いの名を名乗りあったこと。彼の名は小川智宏（おがわともひろ）というらしかった。普通としかいようのない名前の持ち主は、ハルンボとかそういう奇抜な名前が好きらしかった。

——藍（あい）さんに彼氏はいるんですか？

いきなりそんなことを訊かれたことがあった。

私は口笛を吹くのも忘れて、ベンチに座っていた。ウロレターを手に、五分くらい止まっていただろうか。気付いたときにはドドンパもいなくて、公園に私は一人だった。それからまた五分くらい考えて（でも多分それは考えていたとかそういうことじゃなくて、やっぱり止まっていただけだと思う）、鉛筆を握った。それからほとんど自動的に、その文章を書いた。

――彼とは一年前に別れました。とても不本意でした。

その文章は正確に、私の立ち位置を表していた。

一年前、終わりにしよう、と言われて私たちの恋は終わった。突然だった。私にはそれを受け入れるための、理性も知恵も準備もなかった。

だから最初は混乱しただけだった。しばらくして悲しいな、と思ったり、寂しいな、と思ったりしたけど、案外そういうのはすぐ薄れていった。ただ気持ちのすみにできたシミのようなものは、いつまでも消えてくれなかった。

私たちには、わかり合えたこともあるし、わかり合えなかったこともある。それはそうだと信じているし、間違いないと思う。だけど、どうしても消えてくれない、猜疑（さいぎ）のようなものがあった。

本当はわかり合えたことなんて、ひとつもなかったんじゃないだろうか……。

そう思うのはとても怖いことだった。それは小さなシミだったとしても、もしかしたら、私の全て（すべ）に通じてしまうかもしれない怖れ（おそ）だった。

——彼とは一年前に別れました。とても不本意でした。

だけど今、その文章は私の手の中にあった。それはなんだか寂しくもあるが、ちょっと力強い文章だった。小さなシミを洗い流すような、スマッシュで聡明（そうめい）なセンテンスだった。

半年前、私にこの文章が書けただろうか。一ヶ月前だったらどうだろうか……？

私は紙を折りたたみ、深くて黒いウロポストの向こう側を眺めた。そして一年という年月の長さを実感していた。

不本意でした、と書いたウロレターを投函しながら、そうだった、と思いだすように思った。この投函をもって、総括（そうかつ）としてもよかった。そうだ、と私は思った。

終わりにしよう、と言って終われるようなことは、実は始まってもいない。

きっと始まってもいなかったのだ。

で、その返事としてウロから受け取ったのは、こんな絵だった。

それだけでホレてもいいくらいに、可愛らしい絵だと思った。

◇

季節はもう夏だった。公園内の緑化された小さな区画でセミがタフな鳴き声をあげている。

木のウロに手紙を放り込むと、ちゃんと返事が返ってくる。そんなやりとりには、『文通』とか『交換日記』とかより、『交信』という言葉が似合った。私たちは日々、交信を続けている。

交信はラジオの電波のように、いつも優しくそこにあった。内容は日常雑記のフェーズを過ぎ、雑学の披露や、アメリカンジョークや、ホラ話など、多岐にわたっていった。私たちは迷夢の脱出口を探るように、くすくす笑いながら歩いていたんだと思う。

間に立つドドンパだけが、私たちのイトナミを、特に何の感想もなく眺めていた。

――ところでですね、私の猫豆知識を聞いてください。二人でやるあやとりのことを、英語でキャッツクレイドル、『猫のゆりかご』というそうです。

――ほほー。では僕も調べてきました。顔つきが猫に似ているネコザメというサメがいます。サザエをかみ砕くのでサザエワリの異名をもってます。あとネコマネドリという鳥は、にゃあと鳴きます。にゃあと鳴くカエルもいます。ネコガエルです。

――ほほう。では私も調べてきました。島津義弘（戦国武将）は文禄の役の際、七匹の猫を従軍させました。猫の目の虹彩の開き方を見て時刻を知ったようです。二匹は生還しましたが、五匹は名誉の戦死を遂げました（泣）。

――ほほー。それでは僕も。古代エジプトサイス王朝第二代の王で、ネコⅡ世というものがおります。メギドの戦でユダ王ヨシヤを破りました。にゃー！

――ほほう。では西洋の伝承です。猫が身づくろいをすると来客があります。顔を洗うと女の客、背中をこすると男の客です。女が猫をかわいがると幸せな結婚生活を送れますが、男の場合は結婚できません。ひげを切ると猫はネズミをとらなくなります。中世、悪い病気が流行ると、黒猫をいけにえにしました（泣）。

――僕は結婚できぬかもしれませんね。まあいいか。猫知識はもうありません。

――では犬知識は何かありますか？

――犬も歩けば棒に当たる、ということわざがあります。

――それは知ってます。他にはないですか。

――サティの『犬のためのぶよぶよした真の前奏曲』は素晴らしい曲だと思います。ピアノ曲です。

――ほほう。そういえば私の友だちは、犬にひかれて骨折しました。

――へー。僕は今、驚いて目を丸くしすぎ、一時的に視力が落ちました。

――本当ですよ！　私は疑われたショックで目の前のシャッターが降り、三十秒くらい仮死状態になりました。

――疑ってごめんなさい。犬にひかれた友だちにも、ごめんなさい。犬知識はもうないのでダンゴムシについて語ります。ダンゴムシは行き止まりにあたると、右、左、右、と交互に道を選びます。これは試したことがあるので間違いないです。

――へえー。今度ダンゴムシを見たら試そうと思います。ところで、ウミガラスの一派でオロロン鳥というのがいます。日本では北海道の島で繁殖してます。うるるるーん、って鳴きます。うるるるーん。

――ほほー。北海道といえば、アイヌの言葉で手の指を『テケペッ』といいます。手を握りあうことは『テケルイルイ』。にこにこ笑うことを『ミナミナ』といいます。

――ほほう。テケルイルイ、気に入りました。テケルイルイ。

――ホルンのベル（音の出る部分のことです）は後ろを向いているのですが、どうしてかわかりますか?

──わかりません。ホルンってこんなやつですよね。

──それです。もともとホルン吹きは馬にのって、狩人たちを獲物の方向に先導したのです。だから後ろ向きなんだそうです。

──へー、格好いいですね。それではウロ族の話です。ウロ族は南アメリカ西部、チチカカ湖畔に住んでいます。トトラと呼ばれる葦で浮島を造り、その上に住居を造ります。浮島は住居を載せたまま、湖上を移動できます。これは便利。

──ほほー。我々はウロ仲間ですね。『ウロからカラシかしら? 辛かろう』。

──ん? 何ですか、それは。

──回文です。うろからからしかしらからかろう(↑)。

――うはー。

――ところでですね、ミツバチの巣の入り口にいる『門番バチ』の一部は、巣を襲おうとする外敵に果敢に攻撃をしかけます。相手はスズメバチだったり、クマだったり、人間だったりします。（続く）

――ははあ。

――巣に近付いた天敵のスズメバチに、ニホンミツバチは一斉に飛びかかります。ミツバチはスクラムを組んで、スズメバチを中心とした直径五センチくらいの蜂球を作ります。蜂球に参加したミツバチは羽を振るわして発熱し、スズメバチを熱殺するのです。（続く）

――ね、熱殺？

——そうです。それ以外では勝てないのですが、蜂球なら確実に熱殺できます。犠牲も多いですが。そして、このように攻撃性の高い一部のミツバチの脳には、『カクゴ（覚悟）』という遺伝子が働いているそうです。（続く）

——えー（驚）。

——それでですね、『カクゴ』遺伝子の配列は、A型肝炎のウイルスと似ているらしく、彼らはウイルスに感染していると考えられるそうです。門番たちの間では『カクゴ』が感染し合い、流行っていると考えてもいいのでしょうか。（終わり）

——それはすごい話ですね。するとたとえば、育てる蜂にはヤサシサ・ウイルスとか、働く蜂にはコンジョウ・ウイルスとか、そういうのもあるかもしれないですね。ヤサシサ・ウイルスとかなら、軽く伝染(うつ)ってもいいなあ。

——いいですね。でもそういうのって、ウイルスじゃなくても伝播(でんぱ)していくものかもしれませんね。良い意味でも悪い意味でも。

――うん。そう思います。

――ところでですね、クサムラツカツクリというキジの仲間がオーストラリアにいます。その名のとおり、クサムラにツカをツクリます。ツカは巨大で高さが数メートルになるものもあり、昔は古代の王の墓と間違えられたそうです。

――ほほう。

――オスは枝と葉と砂でツカを作ります。メスはそのツカをチェックして、気に入ると、嫁入りします。そしてツカの中に卵を産むわけです。卵を産んだら、ツカにフタをしてしまいます。

――ははあ。

――葉っぱは発酵して、ツカの中は五十度を超えます。つまりツカは、卵自動温め機なのです。外敵に襲われることもなく安全です。

――凄い！（驚）

雑学に詳しくなっているうちに、季節は秋になっていた。

夏のうちに失速してしまったヤクルトスワローズは、そのまま再浮上することなくシーズンを終えようとしていたけど、私たちの交信はゆるやかに、けれども確信めいて続いていた。

こうなってくるとアレだった。会ってみたいなと、ありがちなことを私は考えていた。

五分だな、と私は思っていた。会ってみて、がっかりするのか、本格的に恋に落ちてしまうのか……。

だけど本当は五分なんかじゃなかった。それはもう始まっているのかもしれなかった。

私たちは、皿やウロやドドンパを通じて、確かに繋がっていた。ペンギン狩りをするヒョウアザラシの話なんかをしながら、きっと大切な何かを育んでいた。

私が吹く口笛の旋律は消えゆくのみだけど、居残ったその魂は、朝ここに座る小川君にも届くかもしれない。そういうことを大切にしたいな、などと願ったりすることは、会ったりすることと共存するのだろうか……。

TVアンテナの向いている方向を見れば都心方向がわかるとか、そんな話をしながら、私たち自身はどっちを向いているのか。それはまだわからなかった。

――質問です。世界はどのように始まったのでしょうか？

――なにもなかったのじゃ。コトバで言いあらわせるものはなにも。なーんにもなかったのじゃ。やがて無の底が白くにごり、起こったのは、うずまきみたいなものじゃ。うずは縮んだり、拡がったりしながら、ぐるぐると無ではないものを形成した。それを仮に世界と呼んだところから世界は始まったのじゃ。しかしそれもほんの最近のことじゃ。あくまで仮に世界と呼んでおるということに過ぎんのじゃ。

――ほほう。そうだったんですね。ではですね、自由とは何なのでしょうか。

――雷(かみなり)の日、凧(たこ)揚げをして雷の電流を測定してもいい。傘をさしてウロをのぞき込んでもいい。クマと相撲を取ってもいい。自由とはそういうことではないでしょうか。

――ほほう。では、人生って何なんでしょうか？

――奪われたものを取り返しにいこう。そう思うことがあります。奪われたものなど何もないのかもしれない。だけど僕に欠けているもの、僕が欲しいもの、それを奪われたものと仮定してみます。奪われたものは取り返さなければならない、そう考えると何だか奮い立つような気がします。生まれる前、過不足なく全能だった自分。人生とは、生まれ落ちた瞬間なくしたものを、奪還するための長い旅かもしれません。

――凄い。そのとおりかもしれないですね。

◇

テラ・アマタでの仕事は充実していた。
店は私の好きなもので溢れていたし、お客さんもそれらの商品を本当に好きな人が多かった。店長は親切に仕事を教えてくれたし、ときどき経営に関する話を聞かせてくれた。私は店長と相談しながら、POPを作ったり、陳列方法を工夫したり、少しずつお店に自分の考えを反映していくことができた。

私がテラ・アマタで負わせてもらった小さな責任は、私を少しだけ成長させてくれたと思う。それは私にとって初めて負う種類の責任で、加えるに（都合のいい話かもしれないけど）、決して重責というわけではなかった。おかげで私は多くのことを、楽しみながら学ぶことができた。

だからその話を聞いたときは、少しショックだった。だけどもちろん私の立場はただのアルバイトで、それをどうにかできるわけではなかった。

「お店が閉まることになったの」

と、テラ・アマタの店長は言った。

「この店は、売上げも良かったんだけどね」

店長は私を夕食に誘ってくれて、そんな話をした。

社長（会ったことはないが、店長の上に社長という人物がいる）の意向で、この店はインポートの洋服店に変わるということだった。何でも社長の念願だった輸入ルートの目処がついたらしい。年内でこの雑貨店を閉めて、年明けに新しい洋服店を開店させる。新しい店は別の人物が店長をして、他に人を雇う予定はないらしい。

その話を聞きながら私は、もう少しだけ、ということを思っていた。

もう少しだけでいいから、今の生活を続けていたかった。いつまでも続かないことだとしても、まだしばらくはこの立場から、世界を見ていたかったのだ。口笛を吹きながら。

店長はお酒を飲み、私も少しだけ飲んだ。

雑貨店は別の場所に出店する予定もあるらしく、そうしたらまた声をかけてくれるということだった。だがそれがいつになるかはまだわからない。だからそれよりも……、

社長の下で働いてみないか、ということを店長は言った。店長はそれからまたお酒を飲み、自分の話をしてくれた。

店長は昔、私のようなアルバイトを経て、社長の下で事務のような仕事をするようになった。それから海外での買い付けにも付いていくようになり、のちに店を任されるようになった。そんな話。

本社で働いてみないか。店長は少し酔っているように見えたけど、私をまっすぐに見てそう言った。

事務をする人間が今でも足らないのに、新規出店となるともっと足らなくなるの。最初はアルバイトからだけど、あなたならそこからきっと何かを見つけられる。私みたいな道

を進んでもいいし、そうじゃなくてもいい。社長には私から話をしておくから。

「ありがとうございます」

と、私はお礼を言った。実際それはとてもありがたい話だった。でもだからこそ、ちゃんと考えてみなければならなかった。

店長は私に期待をしてくれているみたいだった。私はこの店長が好きだったから、それはとても嬉しいことだった。だけど、私はそれに応えるだけの情熱を持てるのだろうか。そうでないのなら、甘えるべきじゃない。

「考えます。明日、お返事させてください」

「うん」と、店長は言った。

「一年くらいだけど一緒にいてね、あなたはとっても誠実な人だってわかったの。だからこれからも一緒に仕事がしたいって、私は思ってるの」

潤んだ目で、店長は微笑んだ。やっぱり少し酔っているみたいだった。だけど私はその目を見て、自分が明日どんな返事をするのか、すっかりわかってしまった。

どっちにしても私はそろそろ、情熱なり、ガッツなりを世界に向けて示さなければならないのだ。大まかにでも方向をつけて。ほんの少しずつでも外に。

誠実な営みにはきっと神様が宿る。バカみたいだけど私はそう信じている。そう信じて何が悪いんだろう、と思っている。だってどうせ信じるんだったら、少しはまともなことを信じたいじゃないか。

多分、私も少し酔っていたんだと思うけど、そんなことがくるくると頭の中を流れた。

次の日、私は店長に頭を下げた。

「来年からも、よろしくお願いします」

「こちらこそ」と、店長は笑った。

「慣れるまでは大変だと思うけど、大丈夫?」

「はい。がんばります」

勤務上の立場は今と同じだから、特別な面接などは要らないということだった。来年の正月休みが終わったら、とにかく本社に行けばいいらしい。

それよりも、と店長は言った。私たちはカレンダーを見ながら、来年までの日程を確認した。私たちはこれから閉店セールの準備をして、実行して、すっかり店じまいをして本年を終えなければならない。

私たちはセールに向けた商品の打合せをした。そのための仕入れや、他店舗からの取り寄せが必要かもしれない。告知もしなくてはならない。

店長がお店に来ている時間は貴重だった。それから何日かは、昼休みをとることができなかった。

◇

久しぶりの公園だった。

五日ぶりに会ったドドンパが、何だ、来たのか、という顔をした。

やる気がないんなら来なくてもいいんだぞ、という感じにゆっくり近付いてきたドドンパだったが、あんパンを見せると、それとこれとは話が別だという感じに、ぐいっと力強く頭を寄せた。

その茶色いトラ毛を眺めながら、私は考えた。

もう少しだけ、と私が願っていた、もう少しの期間は明確になってしまった。今年いっぱい。あと一ヶ月はここに来ることができる。

もちろん来年になったって、ドドンパに会うことはできるし、ウロポストをのぞくこともできる。時間を見つけて、電車に乗って、ここまで歩いて来ればいいだけのことだ。だけどそんなことを、毎日するわけにはいかなかった。それは私にとって明らかに、正しい振る舞いではない。

私はポストをのぞき、彼のウロレターを取りだした。

――昨日、この冬、初めてマフラーをしました。マフラーは上着一・五着分に相当すると思います。少し汗ばみました。

それはいつも通りの優しげなウロレターだった。

こんな交信だっていつまでも続くものだとは思っていなかった。ウロに巣を作るキツツキだって、子が育てばそこを出て行くのだ。

いつか終わることだとしても、と私は思った。

そこから別の新しい何かを始めたいのか、それとも全てを封印したいのか……。

私がどうしたいのかは明らかだった。だったら私は早急に策を練るべきだった。策。はじめに策ありき。交信もあと三十日くらいしかできないのだから、急がなくてはならない。私にはもう時間がなかった。

しかしそうは言っても、全てを解決するような、魔法の策があるわけはなかった。それで私はシンプルに、用件を伝える手紙を書くことにした。これはウロレターではなくて普通の手紙だ。ウロに願いをかけて投函するところだけが、普通とは違う。

——突然なのですが、来年から職場が変わることになってしまいました。今年いっぱいしかここに来られません。それで相談があるんです。

早足でお店に戻りながら、頭の中に方針ができあがっていった。

『残りの日々、余計なことを考えず、ぽんぽんとウロに直球を放り込む』

考えてみれば私たちがしているのは、ウロを通じた交信だった。相手の出方を窺ったり、小技を利かせたりする必要なんて、もともと全くなかった。そんな時間はもうないのだし、だいいち私は今、忙しいのだ。

次の日から、私は昼休みの時間を十五分に区切った。大急ぎで買い物をして、大急ぎで公園に駆け込む。ドドンパのために皿に牛乳を注ぎ、ウロポストをのぞく。届いた手紙を素早く読む。

——そうなんですか。さみしくなります。相談というのは何でしょう。

メモ帳を取りだし、私は素早く返事を書いた。

——まずひとつの気がかりはドドンパのことです。私が来られなくなっても、大丈夫だと思いますか？

ポストに放り込んで、口笛を吹いた。イトナミのテーマは、始まったばかりの冬の空気に溶けていく。

これからはスピードで勝負しよう、と思っていた。だいたい今まで時間をかけすぎだったのだ。私は家で百科事典を開いて手紙を書いたりしていた。

早足で店に戻り、レジの裏でサンドイッチを食べた。こんなふうに急ぐのが、自分から直球を引きだすための策だった。

閉店セールの準備が整っていくのと一緒に、私たちのシンプルなやりとりは続いた。

何か途中のあたりでは、結構凄いことを書いた気がするけど、全然平気だった。私はいつも通り口笛を吹きながら、それらをウロに放り込んだ。Beat it out! そして Nothing to lose! あと少しの期間、私はぽんぽんとウロに球を投げ込むだけ。わっしょい。

球を投げたら、じゃあね、とドドンパに手を振り、私は店に戻る。それから私たちの交わしたやりとりは、こんな感じだった。

――栄養的な観点からは、大丈夫だと思います。もともとドドンパは、昼に牛乳は飲んでなかったわけですし。ただ少し寂しがるかもしれませんが。

――私も寂しいです。でもしょうがないですよね。

――そうですね。しょうがないと思います。まあ基本はノラなので、これからもタフに生きていくと思います。大丈夫ですよ。

――そうですね。私もドドンパを見習ってタフに生きようと思います。それからもうひとつ相談があります。

――何でしょうか？

――一度、お会いしませんか。

――はい。僕もぜひ会いたいです。ちょっと緊張しますけど。

――じゃあ年があけたら、お会いしましょう。

――そうですね。どこに行きましょうか？　食事にでも行きましょうか。

――はい。もしかしたら告白とかするかもしれないので、あまり緊張しない感じの店がいいです。

――えぇーっ！　告白するんですか！

――いや、会ってみないとまだわかりません。だって小川君は本当は小学生かもしれないし、猫かもしれませんから。

――そ、そうですね。すいません。僕はぼーっとしている場合ではないことに今気付きました。すいません。じゃあですね、こういうのはどうですか。『会う前に一度会ってみる』。会う前に会っておけば、猫じゃないこともわかるし、緊張も薄れますよね。

――いいですね。じゃあ会う前に一度会っておきましょう。

――では、三日後の二時ごろ、公園で待っていてもいいですか？

――わかりました。

――明後日ですね。

――そうですね。

――明日ですね。

――そうですね。

急ぎ足を始めた私に、彼はフル加速で追いついてきてくれた。さすが半年以上も交信を続けただけのことはあって、阿吽の呼吸というか、飛ぶぞこのやろうというか、とにかく追いついてくれた。私は忙しくその日を終え、あまり何も考えずに次の日を迎えた。

昼休み、ちょっと緊張しながら、私は公園に向かっていた。平気だろうと思っていたけど、さすがにそんなわけにはいかなかった。いつもの場所に男の人がいるのがわかったとき、私の緊張のメーターは振り切れそうになった。

いかんいかんいかん、落ち着け落ち着け落ち着け、と、唱えながら歩いたけどダメだった。震えるほどの緊張に、もうこれ以上歩くことすらできぬー、と全てを諦めかけたとき、そこにドドンパがいることに気が付いた。

ドドンパは小川君にまとわりついているようだった。

あんにゃろうが、と私は思った。そう思ったことで、緊張は少しずつ解けていった。

私はまっすぐに小川君に近付いていった。ゆっくりとこちらに顔を向けた彼に、私は何とか笑顔を作ることができた。

どうも、という感じに、私たちは挨拶を交わした。――はじめまして。

小川君は何というか普通の人だった。格好いいとモテハヤされることもないだろうが、格好悪いと言われることもないだろう。しかし、好ましい普通と、そうでない普通があるとすれば前者だった。良い天然パーマと悪い天然パーマがあるとすれば、良い天然パーマだ。

私は小川君から目をそらし、〝gathering〟と書かれた皿に牛乳を注いだ。あれから八ヶ月あまりが経ち、二人と一匹は、ついに同じ場所に『集合』したのだ。

私と小川君はドドンパの背中を見つめながら、少しだけ話をした。

彼は普段、この時間帯に寝ているらしかった。夜中にコンビニエンスストアでアルバイトして、朝、家に帰る前にドドンパに餌をやるらしい。餌はコンビニの残り物だけど、一応、栄養バランスも考えるらしい。夕方バイトに行く前に、首都高の下でトランペットを吹いたりしているそうだ。

トランペット……。何か思いだすようなことがあった気がしたけど、何も思いだせなかった。牛乳を飲み終えたドドンパが、私たち二人を不思議そうに見つめていた。

「もう行かないと」

と、私は言った。

「はい。お仕事がんばってください」

と、小川君は笑った。

私たちは、それじゃあ、と挨拶をして別れた。

早足で店に向かいながら、私は口笛を吹いていた。

最高に会心なイトナミのテーマが、師走のどんよりとした空に溶けていく。あと二週間で今年も終わりだ。もうすぐ閉店セールも始まる。

——昨日はありがとうございました。僕は何だか不思議な気分でした。これにこりず、年明けにまた会ってくださいね。

——ぜんぜんこりてないです。年明けは基本的に告白する方向でいきたいと思いますので、よろしくお願いします。

——ええーっ。本当ですか？

——いや、がんばろうとは思ってますが、無理かもしれません。

——じゃあ、僕から告白してもいいですか？

――ああ、それはとても助かります。

――わかりました。告白します。好きです。付き合ってください。

――はい。どうぞ末永くよろしくお願いします。

――ありがとうございます。驚きましたが、こういうことがあってもいいかな、とも思います。年明けは初デートということで、映画に行きましょうか？　僕は一月三日が都合いいです。

――はい、じゃあ三日で。映画ってことは、暗闇でテケルイルイですか。

――テケルイルイは照れますね。ミナミナくらいにしておきますか。

――うるるーん。

——それ、どういうことですか？

——わかりません。

どうもやっぱり私たちのノリはウロ仲間だった。

今度こそ始まったのだろうか、と私は思った。だけど本当のことを言うと、その疑問は全然しっくりきていなかった。

多分、猫に誘われてウロをのぞき込んだときから、私たちは始まっていた。そうとしか思えなかった。だって本当は告白なんかより、木のウロに手紙を隠すことや、それを見つけ出すことのほうが、ずっとずっと難しいのだ。

始めようと思って始められることなんてないのかもしれない。だけど実際にはそれよりちょっと前に、何かは始まっている。

テラ・アマタでは、閉店セールが始まっていた。

セールは順調で、毎日たくさんのお客さんが来てくれた。今まであまりしゃべったことのない常連さんが、閉店を残念がって声をかけてくれた。それを喜ぶべきか悲しむべきかわからず、私は少し泣きそうになりながら、ありがとうございます、と笑顔を作った。セールの三日目、まだ売れずに残っていたメモスタンドを自分で買った。白い陶器製のメモスタンドで、ペーパーウェイトとしても使えるやつだ。

緑の包装紙に赤いテープをかけて、公園に持っていった。それをウロの奥にそっと置き、手紙を添えた。

——メリークリスマス！

クリスマスの空は曇天で、風はなかった。

私たちはこれからどんな付き合いをするのだろう。少しだけそんなことを考えた。映画に行ったり、コンサートに行ったり、食事をしたり、お酒を飲んだり、手をつないだり、部屋に遊びにいったり、プレゼントを贈りあったり。ドドンパに会いにいったり。順調に交際が進めばいいな、と私は思う。

いろんな感情を交換して、私たちの恋は育っていく。育って、育って、それはどこに行くのだろう。やがてそれは優しさや、今とはちょっと違う幸せに行き着くのだろうか。

——プレゼントありがとうございます。とても嬉しいです。家に帰ってから、ゆっくり開けてみようと思います。そしてごめんなさい。クリスマスとウロが結びつかず、僕は何も用意できませんでした。

——いや、全然気にしないでください。ちなみに私の誕生日は三月十七日です。

——素敵なメモスタンド、ありがとうございました。早速使ってます。まずは藍さんの誕生日を太字でメモしました。

——気に入っていただけたら幸いです。誕生日、楽しみにしてます。

——プレゼントは誕生日の前日までに、ウロに仕込んでおこうと思います。

——そのころ私たちが疎遠になっていても入れておいてくださいね。

——わかりました。でも疎遠になりたくないです。好きなので。

——まあ！（照）

その日はテラ・アマタの閉店の日で、店長も朝から来てくれていた。私がお昼に公園に行って『まあ！（照）』と書いて戻ってきた以外は、ずっと二人で接客をした。

十二月二十八日、二十時。

私たちはその時間を確認すると、表に行ってOPENの札を外した。それから少し微笑み合って、用意してあったビールで乾杯をした。

お店を出て、終電の時刻までコーヒーショップで話をした。

店長はいつもよりもよくしゃべった。本当はこの店を続けたかった、という話。売上げだってそんなに悪くなかった、という話。社長ともずいぶん喧嘩した、という話。来年からまた一緒にがんばりましょう、という話。社長の人柄や、店長と社長が出会ったときの話。

自分が店を作るとしたらこんな店がいい、という話を私がすると、もっともっとイメージしなさい、と店長は言った。どんな場所で、どんな従業員で、どんな商品で、利益はどれくらいか。どんなお客さんが、いつどんなときに店に来て、買ったあと商品はどんなふうに愛されるのか。まずはそれを今の十倍イメージしなさい。

次の日から店の片付けをした。残った商品を梱包し、他店舗や本社に送り、棚や椅子や小物を整理し、処分する。窓拭きや床の掃除もしなくてはならない。

——一月三日は昼ごろに待ち合わせでいいですか？　場所はどこにしましょう。

——じゃあ、十二時にここで待ち合わせましょう。ドドンパにも会いたいので。

——わかりました。当日、楽しみにしてます。もう今年も終わりですね。ウロの手紙も、明日で終わりかと思うと寂しいです。

——そうですね。でも私たちはまた会えるし、ドドンパにもまた会えるし。来年も良い年にしたいです。

三十日の夕方には片付けもすっかり終え、大家さんに挨拶をしに行った。店長は仕事納めのために本社に戻り、私は家に帰ってゆっくりとお風呂につかった。

三十一日。私は公園に行くためだけに、電車に乗った。

——来年が、お互い良い年になりますように！

ウロに入っていた手紙には、そんなことが書いてあった。

ドドンパはいつものようにのっそり現れて、ぴちゃぴちゃと牛乳を飲む。飲み終わると、ちら、とこちらを見てゆっくりと去っていく。

私は静かに黄色い皿をしまい、ドドンパのために祈った。どうか来年も、飢えたり濡れたりすることなく健康でいてください。

久しぶりにベンチに座って、私はサンドイッチを食べた。見渡す公園はいつにも増して静かで、吐く息は白かった。

メモ帳を取りだし、私は考えた。私がこの半年くらいに、見つけて、拾いあげることができたもの。受け取ったり、伝えたり、始めようとしたこと。願ったり、かなったり、渡そうとしたもの。繋がることができたもの。そんなことを絵にしようと思った。その絵を最後のウロレターにしよう。

私は短く口笛を吹いた。いつかこの旋律を小川君にトランペットで吹いてもらおう。

私は茂みを越えて、ウロに向かう。深くて黒いその穴を見つめ、描き終えた絵をそっと隠す。ありがとう――。単純かもしれないけど、それがその年の最後に、私が思ったことだった。どうもありがとう――。

公園を出て、駅への道を歩いた。今こうしている間にも、世界にはさまざまな営みがあって、私も確かにその一部だ。

そんな一体感をいつもより身近に感じながら、私は歩いた。

本文イラスト・中村 航（小川担当）
宮尾和孝（藍担当及び中村のイラスト指導）

DEAR

本多孝好

本多孝好（ほんだ・たかよし）
１９７１年東京都生まれ。慶應義塾大学法学部卒業。94年、「眠りの海」で第16回小説推理新人賞を受賞。99年、受賞作を収録した短編集『ＭＩＳＳＩＮＧ』にて単行本デビュー。同作は「このミステリーがすごい！２０００年版」でトップ10に入り、一躍脚光を浴び、文庫化されるや40万部のベストセラーに。03年、『FINE DAYS』（祥伝社刊）で恋愛小説の新たな地平をひらき、ロングセラーになる。04年に刊行された『真夜中の五分前』は直木賞候補に。著書に『ＭＯＭＥＮＴ』『正義のミカタ』などがある。最新刊は十一月に上梓予定。

ポチャンという音がして、池に波紋が広がっていった。色鮮やかに咲いた花火は、彼女の後ろ姿を一瞬だけ照らし出したあと、ぱらぱらと夏の夜空に散っていった。続いて打ち上げられた花火の爆発音が、夜の湿った空気と黒い水面を震わせた。彼女が着ていた浴衣の淡い紫は、あれはアジサイだっただろうか。

「ホントに書いたんだよな」

僕も、たぶん黒崎も聞きたかったことを舟木が聞いた。僕らに背を向けたまま、こくんと彼女が頷いた。

「ホントに書いたよ」

誰、と聞きたくても聞けるわけがなく、僕らは三人とも黙り込んだ。くるりとこちらに向き直った彼女は僕らの顔を見て微笑んだ。

「二十歳になったら教えてあげる」

「二十歳か。俺たちが六年生だから」

中一、中二、と指を折った舟木は、途中で困ったように顔を上げた。

「二十歳って、何年生だ？」

「八年後」

途中を端折(はしょ)って、黒崎が答えた。

「八年後か。そうか、そうか」

そう頷いてから、その長さに改(あらた)めて気づいたように、げげえ、と舟木は情けない声を上げた。

「そんな先かよ」

「二十歳か」と黒崎が呟(つぶや)いた。「僕は何をしてるかな」

「何をしていたい？」

彼女が聞いて、僕ら三人を見渡した。

考えてみたけれど、わからなかった。どんな想像も浮かばなかった。

「もう、セックスはしてるんだろうな」と舟木が言った。「いや、ぜってえしてる」

二十歳だもんな。うん、してる。してるよ。

拳を握って、舟木は勝手に一人で頷いた。

「大学生になっているのかな」と黒崎は言った。

「そっか。大学生か」

僕は同じ社宅に住んでいる何人かの大学生たちの姿を思い浮かべてみた。そこに将来の自分の姿を紛らせようとしても、やっぱりうまくいかなかった。それは将来の自分の姿なんかじゃなくて、全然違うところで生まれた全然違う生き物みたいに思えた。

「俺は大学は行けねえだろうなあ。頭、悪いもんなあ」

舟木が言った。

「中学も危ないもんな」と僕が言い、「何だと、こら」と舟木が腕を伸ばして僕の頭を抱え込んだ。じゃれ合う僕らを見て、黒崎が声を立てて笑った。

「もう死んじゃってるかもね」

不意に彼女が呟き、僕らは動きを止めて彼女を見た。また打ち上げられた花火の音に彼女は夜空を仰いだ。

「八年もあとだもん。死んじゃってるかもしれないでしょ」

彼女の横顔を浮かび上がらせた火の花は、薄い煙を残して、また夜空の闇に吸い込まれていった。

「ぜってえ死んでない」

絡(から)めていた腕を僕の頭から外して舟木が言った。

「笹山(ささやま)も、俺たちも、ぜってえ誰も死んでない」

な、と舟木に言われ、僕と黒崎が頷いた。何度も頷いた。そうしなければ、本当にその間に彼女が死んでしまいそうな気がしたのだ。それに力を得て、舟木が繰り返した。

「ぜってえ死んでない」

　ぜってえ死んでないさ、と僕も言った。

　死んでるわけないよ、と黒崎も言った。

「そうだよね」と彼女が笑い、「そうだよ」と僕らも笑った。

　けれど、なぜだろう。二十歳よりもずっと遠くにあるべきはずの死が、そのときだけは二十歳よりもずっと身近にあるような気がしていた。それは、彼女に二十歳という年齢が似合わないように思えたからかもしれない。彼女はずっとそのまま六年生でいるほうが相応(ふさわ)しい気がした。僕や舟木や黒崎が年を取って、大人になって、お爺(じい)さんになっても、彼女だけは六年生のままでいるほうが似合っているように思えたのだ。とても勝手な話ではあるのだけれど。


　やけに古びた店だった。木の床は歩くたびにぎしぎしと鳴ったし、天井では巨大な扇風機がかたかたと音を立てて店内の生温(なまぬる)い空気をかき回していた。駅前の雑居ビルの中にあるその店が、僕が町にいたころもあったかどうか、僕は覚えていなかった。町の路地という路地を知っていたけれど、イギリスのパブを模(も)した飲み屋がどこにあるかなんて、小学生の僕はもちろん、何の興味もなかったのだ。そのことを黒崎と舟木に聞いてみた。

「なかった気がするな」

銀色の眼鏡(めがね)のブリッジを指先で軽く押し込んで、黒崎はちょっと首をひねった。

「高校まではなかったよ、たぶん。僕も大学で町を出ちゃったから知らないけど、二年前まではなかった。最近なんじゃないかな」

「去年じゃねえかな」

今も町にいる舟木が代わって答えた。煙草(たばこ)を口にくわえたまま、短く刈り込まれた金色の髪をがりがりと搔(か)いて、舟木はしばらく考えた。

「うん。そうだ。確か、去年の暮れ辺りにできた」

「その割には古臭(ふるくさ)いな」と僕は言った。

「そういうのが流行だと思ったんじゃないか」

僕らに貸し切られて暇(ひま)になったようだ。カウンターの中で所在なさそうにパイプをふかしている髭(ひげ)のマスターを見て、舟木は言った。

「センスがずれてるんだろ」

熱のない会話を交わしながらも、僕らは互いの注意が背後に向いていることを承知していた。背後のフロアでは、知っているはずの見知らぬ顔たちが、彼女の話でけたたましい笑い声を立てていた。

「何か作ろうか？」

並んでカウンターに肘をついていた僕ら三人の前に、マスターがやってきた。僕と黒崎は首を振った。舟木だけが空になったグラスをそちらへ押しやった。

「同じの。ロックで」

「小学校の同窓会だって？」

マスターが背後のハーパーの瓶に手を伸ばしながら言った。

「そう」と煙草を灰皿に押しつけながら舟木が頷いた。

「どこ？」

「宮田小学校」と黒崎が言った。

「ああ、あっちの？」とマスターは僕らの卒業した小学校のほうを指差した。

「そう。あっちの」と僕が頷いた。

そっけない僕らの反応にマスターは会話を諦めて、舟木の前にグラスを戻すと、僕らから離れていった。背後で一際けたたましい笑い声が起こった。笑い声の中心では、彼女の物真似のつもりなのだろう。西田が悩ましい声を上げて、自分の胸を揉んでいた。さすがに耐えかねてそちらへと踏み出そうとした僕の肩を、舟木がつかんだ。

「ほっとけよ」

そっけない言葉とは裏腹に、肩に置かれた手には強い力がこもっていた。その力に僕の中の衝動が萎えていった。確かに西田に文句を言ったところで、何がどうなるわけでもないのだ。

体から力を抜いた僕に、黒崎が軽く笑いかけてきた。

「変わんないもんだよな」

頷いて、思わず僕も苦笑した。西田は小学校のころから、よく先生や同級生の物真似をしてみんなを笑わせていた。そして、そう思って見てみれば、黒崎や舟木も変わらない。今は医大生になっている黒崎も当時のクラス委員長の面影を残していたし、今は親父さんの自動車修理工場で見習いをしている舟木もやんちゃ坊主をそのまま拡大コピーしたみたいだった。八年くらいの年月では、人間はそうそう変わらないようだ。

「いや、マジな話」と西田の声がフロアに響いた。「俺なんか、十回は抜いちゃったもんね」

抜いちゃったって何よ、と女の子の誰かが言った。

あ、俺なんて、二十回は軽いと、誰かの声が重なった。

「違うよ。一日で、だぜ」

西田が言い、嘘つけという声と、変態という声が入り混じった。やっだあ、と同じ女の子が高い声を上げた。お前、意味わかってんじゃん、と誰かが言い、またけたたましい笑い声が起こった。そこで僕ら三人の視線に気づいたようだ。西田の横で笑っていた諸橋が西田の肘をつついた。そちらに問い返すような視線を向けてから、西田も僕らの視線に気づいた。一瞬、気まずそうに笑いを収めた西田は、けれどすぐに笑顔を取り戻した。

「なあ、舟木は何回？」

西田は酔っていた。ひどく、悪く、酔っていた。それは僕らにもわかっていた。けれど、そうであったとしても、言ってはいけない言葉というものはある。

「やっぱ、初恋の相手だと燃えるだろ？」

西田は握った拳を自分の股間の前で前後させた。

まずいと思って伸ばした手は、舟木の肩には届かなかった。いや、たぶん、僕に舟木を止める気などなかったのだろう。僕より先に舟木が動いて、届かないことを知っていながら僕は手を伸ばした。それだけだ。八年経っても変わらないものがここにもあった。彼女のために行動を起こすのは、いつだって舟木だった。

僕の手が宙に泳ぎ、滑るように動いて舟木が西田の目の前に立っていた。誰も止める暇はなかった。西田が問い返すように舟木を見た次の瞬間には、舟木の拳が下に弧を描いて、西田の腹にめり込んでいた。差し出すように突き出された西田の顔を舟木の膝が直線に襲った。

悲鳴を上げて顔を押さえた西田の指の間から血が流れ落ちた。自分の目の前に崩れ落ちた西田を、そこに突然落ちてきたもののように舟木は呆然と見下ろしていた。誰も動かなかった。フロアに横たわった西田だけが、顔を押さえたまま呻き声を上げ、体を捩じらせていた。僕の隣で小さくため息をつき、黒崎がゆっくりと西田に歩み寄った。膝をついて、無理やり西田の手を顔からどけた。そのまま西田の顔に手を当てた黒崎は、折れてはないな、と呟いた。

「ただの鼻血だろう。じきに止まるよ」

顔を上げて何かを訴えようとした西田をあやすように、黒崎はその頭を平手でぽんぽんと叩いた。

「お前が悪いよ」

黒崎は立ち上がると、僕に顎をしゃくってみせた。

「出よう」

僕は歩いて行って、まだ呆然と立ち尽くしている舟木の肩を抱いた。

「こなきゃよかった」と舟木が呻くように呟いた。「くるわけねえのにな」

「本当だよな」と僕は言った。「くるわけないのにな」

僕は舟木の肩を抱いたまま、黒崎と一緒に店を出た。


雑居ビルを出たところで、僕らは行き先に迷って立ち止まった。これで別れるにはまだ時間が早かったし、そうかといって別の店に入って飲み直すような気分でもなかった。ちょうど電車がついたところだったのだろう。駅の改札口のほうから大勢の人が流れてきた。駅前広場にはバス専用のロータリーができていたし、歩道には自転車が所狭しと並んでいた。僕が知らない八年の間に、町は一回り大きくなったようだ。


小学校を卒業するのと同時に僕は父親の仕事の都合で引っ越すことになった。そのころの僕にとって、この町が世界のほとんどすべてだった。この町の他に世界があることはもちろん知っていたけれど、そのころの僕には、そんなもの、想像もつかない世界だったのだ。

「まるで外国へ行くみてえだよな」

僕が行くことになる場所を日本地図で探しながら、十二歳の舟木は言った。いつもお袋さんに刈られた坊主頭で、大概（たいがい）は半袖と半ズボンで過ごしていた。短い裾（すそ）から突き出した腕と足にはいつもどこかしらに擦（す）り傷があった。

　卒業式のあとだった。もう日も暮れかけ、生徒は誰も残っていなかった。けれど、僕らは学校の校門に寄りかかって座り、地図帳を広げて、ぐずぐずと終わりのない馬鹿な話を続けていた。

「外国ってこともないだろうけど」と丸い黒ぶちの眼鏡に指を当てて黒崎は言った。「ずいぶん寒そうだね。緯度が高い」

「雪とかじゃんじゃん降るんだろうな。雪合戦しに行くよ。な？」

「雪合戦はしない」と黒崎は微笑（ほほえ）んで言った。「僕は夏に行くから。夏休みに会いに行くよ」

「あ、ずっりいな。俺だって夏休みに行くぜ」と舟木が言った。「ぜってえ行く」

「ぜってえこいよな」と僕は言った。

「ぜってえ行くさ。な？」と舟木が黒崎の肩を叩（たた）いた。

「ぜってえ行くよ」と黒崎も笑った。

校舎のほうから人の声がした。先生が僕らに向かって、もう帰れと言っているようだった。その校舎の向こう側には、ゆっくりと落ちて行く夕日があった。確かに別れの言葉を交わして立ち去る頃合だった。けれど僕らは、互いが一番大事な話題を避けていることを知っていた。それをきちんと話さなければ、僕らが別れてはいけないということもわかっていた。だから僕らは、先生の声が聞こえないふりをした。

「笹山が越したのは、どの辺り？」

さりげない風を装って舟木が言った。

「もっと下だよ」

黒崎が言った。迷う舟木の目線を見て、黒崎はそこを指で差した。

「この辺のはず」

「そっか。こんな遠くか」

舟木が呟いた。地図を見てしばらく考えていた舟木は、やがてにんまりと笑って顔を上げた。

「俺、今、すっげえいいこと思いついちゃったもんね」

僕と黒崎は顔を見合わせた。互いに目線で譲り合い、仕方なく僕が聞いた。

「何？」

お、聞きたいか？　聞きたい？　しょうがねえなあ。

一人で勝手にじらして、舟木は言った。

「あのさ、夏にさ、まず相田に会いに行って、それから、びゅーんと飛行機に乗って笹山に会いに行こうぜ。三人でさ」

「びゅーんとって、簡単に言うなよ。遠いよ」と僕は言った。

「バーカ。飛行機だぞ。二十分でつくよ。なあ?」

「二十分てことはないだろ」と黒崎が呆れたように言った。「それに、高い。何万円もかかるよ」

「じゃあ、いいよ。俺一人で行くから」と舟木は口を尖らせた。「お前らは仲良く雪合戦でもしてろよな」

「だから、夏にくるんだろ? ぜってえ行くって、さっき言ったくせに」

「じゃあ、夏に雪合戦してろよ」

「何、言ってんだよ」

「飛行機は無理だけど、電車なら行ける」と黒崎が考えながら言った。「どこまで乗ってもいいって切符があるはずだから、それなら行けるんじゃないかな。二十分じゃつかないけど」

舟木はきょとんと黒崎を見たあと、げらげら笑った。こいつ、バカだねえ、と黒崎を指差しながら、なあ、すっげえバカ、と僕の肩を叩いた。

「お前さあ、電車って、だって、ここに海があるだろ？　な？　海。電車で行けるわけないだろ？」

黒崎が呆れたように舟木を見た。

「え？」と舟木が困ったように僕を見た。「行けねえよ、なあ？」

「バカ」と僕は言った。

「アホ」と黒崎も言った。

「行けるの？」と舟木が言った。

「バカアホ舟木」と僕は言って、勢いよく立ち上がった。「じゃあな。夏休みまでにそのバカとアホを治しておけよな」

釣られて立ち上がりかけた舟木の頭を黒崎が抱え込んだ。

「うん。僕が責任を持って治しておくよ」

「うわ、痛い。よせ。離せ」

黒崎の腕の中で暴れる舟木の頭を僕は思い切り殴りつけた。

「じゃ」

「うん」

舟木の頭を抱えたまま、黒崎が微笑んだ。

僕は二人にくるりと背を向けて駆け出した。

「じゃあな。ぜってえ行くからな。待ってろよ」

舟木の声が背後に聞こえた。僕は振り返らなかった。ただ手だけを大きく振った。

けれど、その後、二人が訪ねてくることはなかった。

その翌月から僕らは中学生になり、中学生を経験した人にならわかるだろうけれど、中学生の夏休みはそれなりに忙しいのだ。やりたいこととやるべきことが次から次へと押し寄せてきて、毎日はあっという間に後ろに流されていく。だから、二人を恨んだことはない。それでもほんの少しの後悔は残る。それは舟木も同じだったようだ。

「なあ、もしもさ」

舟木は言いながら、そのときと同じように校門に寄りかかるようにして座った。僕らは駅前から何となくぶらぶらと歩いて、小学校までやってきていた。月明かりの中、校庭の向こうに校舎のシルエットが真っ黒く沈んでいた。春の夜の風が桜の木の枝をさわさわと揺らし、舟木は両手をジャンパーのポケットに突っ込んだ。

「もし、あの年の夏休みにさ、本当に俺と黒崎が相田に会いに行って、それから本当に三人で笹山を訪ねてたら、何かが変わったのかな」

僕は答えなかった。黒崎も答えなかった。舟木もそれ以上は聞かなかった。僕らは僕らが彼女の中でどれくらいの大きさを占めていたのか、わからなかった。僕らが会いに行けば何かが変わったのかもしれない。それくらいでは何も変わらなかったのかもしれない。どちらの想像も虚しかった。それっきり黙り込んだ舟木の頭の上に桜の花びらが一枚舞い降りた。

そう。彼女は髪の上に桜の花びらを一枚載せて、僕らの前に現れた。僕らが小学校六年生の春の話だ。そして同じ年の夏に、彼女は僕らの前から姿を消した。

はるか。それが彼女の名前だった。笹山はるか。自分の名前が大きく書かれた黒板の前ではにかむように俯いた彼女の顔は、今だってはっきり覚えている。ぺこんと頭を下げた拍子に彼女の髪にくっついていた桜の花びらが彼女の足元にくるくると舞い降りた。誰かが笑ってもおかしくないタイミングだったけれど、誰も笑わなかった。東京からやってきたという先入観のせいかもしれないけれど、ベッドタウンと呼ぶには少し距離があり過ぎる町に住む僕らにとって、その転校生はずいぶん洗練されて見えた。僕らを尻込みさせるには十分なくらい、彼女は奇麗だったのだ。

「みんな、仲良くしてね」

彼女の肩に手を置いて朗らかに言った担任は、そのとき事情を知っていたのだろうか?

「相田くんの隣があいてるから」

今となってはただ温和な人だったという記憶しか残していない初老の女性教師に、まさかそこまで悪意があったとも思えない。たぶん、詳しい事情までは承知していなかったのだろう。

彼女が僕を見た。その顔にちょっとホッとしたような表情が広がった。転入したクラスに知った顔がいたことに安心したのだろう。

「よろしくね」

隣の席にやってきた彼女は、少し大人びた口調でそう言った。ああとも、うんともつかない僕の返事は、緊張して舌が回らなかったせいだが、彼女は不安になったようだ。

「昨日、隣に越してきた」と彼女はおずおずとした口調になって言った。「挨拶したんだけど」

僕の家がある社宅の隣の部屋に彼女は越してきていた。昨日、両親とそろって僕の家に引越しの挨拶にやってきていた。

「覚えてるよ」

僕は言った。思ったよりもずっとぶっきらぼうな言い方になってしまった。慌てて次の言葉を探したけれど、慌てた僕の頭はどんな言葉も思い浮かべてくれなかった。

「よろしくね」と彼女はもう一度言った。

僕はやっぱり、ああとも、うんともつかない返事しか返せなかった。

気まぐれな風が舟木の頭に載っていた桜の花びらをふわりと飛ばした。

「滅茶苦茶(めちゃくちゃ)、可愛(かわい)かったよな」

腰を上げ、ジーンズのお尻をパンパンとはたきながら、舟木は言った。

「うん。滅茶苦茶、可愛かった」と黒崎も頷いた。

「今だから言うけど」と舟木は少し笑って僕に言った。「俺がお前と仲良くなったのって、笹山のせいだぜ。笹山がお前と親しそうでさ。お前と仲良くすれば、笹山とも仲良くなれるかなってさ」

「知ってたよ」と僕は笑った。

「あ、ばれてた?」

「お前はわかりやす過ぎるんだよ」と黒崎も笑った。「大して仲良くなかった僕たちに、いきなり近づいてきたもんな」

「お前が笹山と同じ社宅に住んでいるのが羨(うらや)ましくてさあ。俺なんて、親父に頼んだもんな。こんなつまんねえ工場やめて、相田くんのお父さんと同じ会社に入ってくれよって」

「無茶苦茶だな」と黒崎が笑った。

「しゃあねえだろ。無茶苦茶好きだったんだからさ」と舟木も笑った。「親父にはぶん殴られたけど」

僕と黒崎は笑った。僕らの笑い声が誰もいない夜の校庭に響いた。

そう。無茶苦茶好きだったんだけどなあ。

黒い校舎のシルエットを眺めて、舟木は呟いた。僕らはまたぶらぶらと歩き始めた。

僕や彼女が住んでいた社宅は、今はもうない。会社合理化の目玉として近くにあった工場が閉鎖されてから、もうかなりの時間が経つ。建物は取り壊され、今、そこには真新しく無表情な高層マンションが建っている。ずいぶん大きな社宅だった。どれくらいの家族がそこで暮らしていたのか。たくさんの小学生がそこから僕と同じ小学校へと通っていた。小さなころから一緒になって遊んでいた彼らが、今どこで何をしているのか、僕はまったく知らない。親父に聞いて伝をたどって丁寧に調べていけば、たぶんわかるのだろう。けれど、もし彼らと再会しても、分け合えるものは多くはない気がした。小学校に上がる前から一緒に遊んでいた彼らより、小学校六年生の一年間を一緒に過ごした舟木や黒崎のほうが、僕にとっては近しい存在になっていた。

「あの辺だったな」

舟木が指差した。

「道のこの辺に立って、ちょうどこんな角度だったと思うな。笹山の家の窓」

「よく覚えてるな」と僕は笑った。

「用もないのによくきたからな。偶然でも何でも顔を出したりしないかな、とか思ってよ、よく笹山の家の窓を見てたよ。んで、しょうがねえから、用もないのにお前のうちに行ったりしてたっけな」

「確かに、用もないのによくきてたよな」

「よく三人でゲームをしてたね」と黒崎も笑い、舟木に言った。「お前はいつも、突然、不機嫌になって帰っちゃったけど」

「笹山が遊びにこないかなあと思って待っているのに、こないからよ。隣に住んでるのに、何でもっと仲良くしておかねえんだ、こいつ、バカじゃねえかって、いっつもそう思ってたよ」

「勝手だな」と黒崎は言った。

「そうは言うけど」と僕は黒崎に言った。「黒崎だって、ずいぶん遊びにきてた気がするけどな」

「そうだよ。俺が行くと、大概お前がいたぜ」と舟木が自分の肩を黒崎にぶつけた。「目的は同じだろうが」

「ばれたか」と黒崎は笑った。

「結局、僕のうちにきてたんじゃなくて、笹山のうちの隣のうちにきてたわけだな、お前らは」

「当たり前じゃねえか。誰が好き好んで、毎日毎日、お前のうちなんかに行くかよ」と舟木が言った。

「そういうこと」と黒崎が笑った。

「甲斐があってよかったよ」

彼女が僕の家を訪ねてきたのは、僕らがいい加減ゲームにも飽きて、テレビのあるリビングから僕の部屋に引き上げ、何となく漫画を読みながら、バカな話をしていたときだった。チャイムの音に腰を上げたのだから、お袋は買い物か何かに出かけていたのだろう。

玄関を開けると、そこに彼女が立っていた。

「これ」と彼女はビニール袋を僕に差し出した。「持って行けって。お母さんが」

僕はビニール袋を受け取った。中身はイチゴだった。

「親戚がいっぱい送ってくれたから。おすそわけ」

「ああ。うん。ありがと」

お母さんが持って行けと言ったというのだから、笹山のお母さんは家にいるのだろう、と僕は思った。出かけようとする母親に、私が持って行く、と言っている彼女を僕は都合よく想像していた。

だって、こういうのって、普通お母さんが持ってくるものじゃないか？

僕はそう思ったのだ。たぶん、彼女の母親は自分では持って行きづらくて、彼女にそれを託(たく)したのだろう。僕がそれに気づくのはずっとあとのことだ。

イチゴを僕に手渡したあとでも、彼女はもじもじとそこに立っていた。何か言いたそうな彼女のその仕草(しぐさ)が僕を変に緊張させた。それでも、上がれば、と誘う勇気がなく、僕もその場でもじもじとしていた。

「あのさ」

彼女が意を決したように何かを言いかけたとき、僕の部屋から舟木と黒崎の笑い声がした。

「あ、誰かいるの？」

そこにある靴に気づいたようだ。自分の足元を見て彼女が言った。

「ああ、うん。舟木と黒崎」と言ったときには、もう、舟木が僕の部屋からひょこりと顔を覗かせていた。

「あれ。笹山じゃん」

舟木はそう言って、こちらへとやってきた。

「どうしたの？　あ、そうか。笹山の家って隣だっけ」

そうだった、そうだった、と勝手に一人で納得して、舟木は僕の隣に立った。

「何？」と舟木が僕の手元を見て聞いた。

「あ、うん。イチゴ」と僕は言った。

「お、うまそうじゃん。食おうぜ」

舟木は僕の手から袋を取って、中に戻りかけた。そこで動かない僕と彼女を振り返り、
舟木は顎をしゃくった。

「笹山も上がれよ。一緒に食おうぜ」

イッチゴ、イッチゴ、と節をつけて歌いながら、舟木は僕の部屋に戻って行った。僕と
彼女は顔を見合わせた。

いいの？

そう聞くように彼女が僕を見た。僕は慌てて頷いた。

僕らは僕の部屋でイチゴを食べながら、彼女が前に住んでいた東京の話を聞いた。その

前にいた長野の話も聞いた。その前にいた和歌山の話も聞いた。てっきり東京で育ったものだと思っていたのだが、彼女は短い間隔(かんかく)で学校を転々としていた。

「どこが一番好きだった?」

黒崎が聞いたときには、もうイチゴは一つも残っていなかった。なかったことにしよう、と僕らは決めて、イチゴのへたは中の見えないビニール袋に入れ、僕の部屋のゴミ箱の一番下に押し込んでおいた。

「どこかな」と彼女はしばらく真剣に考えて、言った。「わからない。どこも好きじゃなかったのかな」

「短過ぎたんだよ、きっと」と黒崎は言った。

「そうかも。友達もあんまりできなかったし」

彼女はそう言って、ちょっと寂(さび)しそうに笑った。

「友達なら、俺たちがなってやるよ」

坊主頭をがりがりと掻きながら舟木は言って、な、とやけに力強く僕の肩を叩いた。僕は慌てて頷いた。

「うん。ここを一番にすればいい」

彼女は驚いたように僕らの顔を眺め、それから頷いた。

「そうだね」

昏から生まれた微笑みが、ゆっくりと彼女の顔に広がっていった。

「そうする」

その微笑みはあまりに無邪気で、無防備で、開けっぴろげで、僕らは照れ臭くなった。

「バーカ」と意味もなく舟木が僕を小突いた。

「お前には負けるよ」と僕は舟木を小突き返した。

「そう。バカはお前が一番」と黒崎も舟木を小突いた。

「うるせえよ」

舟木が僕と黒崎の頭をまとめて抱え込んだ。

「あ、もう帰らなきゃ」

僕らの気持ちが伝染したみたいに少し照れたように言って、彼女は腰を上げた。

「じゃあね」

「うん。また明日」と僕らは並んで手を振った。

学校では、僕ら四人が親しくすることはなかった。今はどうか知らない。けれど、そのころの小学生の王国には、まだ「ダンシ」と「ジョシ」という厳然たる領土線があったのだ。その王国では「ダンシ」と「ジョシ」とが仲良くすることは、罪悪とは言わないまでも、あまり褒められた行為とはされていなかった。学校が終わると、舟木と黒崎はそのまま僕の家にやってきて、しばらくすると彼女が僕の家を訪ねてきて、それから四人でどこかへと出かけるというのが僕らの習慣になった。

特に何をするということでもなかった。僕らは四人で連れ立ってぶらぶらと町を歩きながら、下らない話をして笑い転げていた。限られたお小遣いを出し合って駄菓子屋でお菓子を仕入れ、近所にある高校の野球部の練習を見物し、古本屋で漫画を立ち読みした。

今思えば、そのころがその後に続く長く厳しい時代の始まりだったのだろう。右肩上がりに成長を続け、世界の頂点に君臨した円の力はもろくも崩壊していた。あらゆる場所であらゆるものが合理化と効率化の波に洗われていった。自ら築き上げてきたと信じていたものが土台から崩された大人たちは、それでも、今、手の中にあるものをどうにか守ろうと必死の形相で右往左往していた。もちろん、僕らはそんなことには無頓着に笑い転げていたけれど、僕らもやっぱりその時代の中に生きていた。

彼女について親父から聞かれたのは、梅雨に入ったころだった。

「仲、いいのか?」

夕食のときだった。親父はＮＨＫのニュースに目をやりながら、僕に聞いた。

「別に」と僕は口の中のものを飲み込んでから言った。

「仲、いいって、聞いたけどな」

親父はやっぱりニュースを見ながら言った。僕はお袋を見た。お袋は僕とも親父とも目を合わせなかった。

「別に仲良くはないけれど、ただ、同じクラスだから」

僕はもごもごと言った。女の子と仲良くしていることをからかわれているのかと思ったのだ。けれど違った。

「そうか」と親父は言った。「あんまり仲良くするな」

一瞬、何を言われたのかわからなかった。みんなと仲良くしろ、と言われることはあっても、誰かと仲良くするな、などと親から言われたことはなかった。僕は驚いて聞き返した。

「どうして?」

親父はテレビから僕に目を向け、それからすぐにテレビに目を戻し、ぶっきらぼうに言った。

「どうしてもだ」

僕は困ってお袋に目を向けた。けれどお袋はやっぱり僕にも親父にも目を向けず、黙々と食事を続けていた。

リストラ、という言葉を聞いたのはそのときが初めてだったように思う。僕は近くのコンビニで、やはり買い物を言いつけられてきた同じ社宅に住む二つ年下の女の子と一緒になった。

「だからね、はるかちゃんのお父さんはリストラしてるんだって」

ソースの入ったビニール袋をしっかりと胸に抱えて歩きながら、その子は大人びた口調で言った。

「リストラって何？」

しょうゆの入ったビニール袋をぶらぶらさせて歩きながら、僕は聞いた。

「誰かの悪いところを見つけて、それを会社に言いつけて、その人をクビにしちゃうんだって」

「どうしてそんなことするんだよ」

「そんなの私も知らないよ」とその子は口を尖らせた。「でも、それがはるかちゃんのお父さんの仕事なんだって」

その子は僕に手招きをすると、声を潜（ひそ）めた。

「私のお父さんも会社に悪口を言いつけられたんだって。ふっくんのお父さんなんて、それで本当に会社をクビになっちゃったんだって。相田くんのお父さんだって、きっと悪口言われてるよ」

彼女の父親が転勤してきて二ヶ月あまり。本社から命じられたコストカットが形となって現れてきた時期だったのだろう。そのころから、急速に彼女を取り巻く環境が変わっていった。そうでなくたって、東京からやってきた美しい転校生を「ジョシ」は扱いかねていた。すべてに控えめだった彼女の態度は、学校を転々としてきた彼女なりの処世術だったのだろうが、そのことが「ジョシ」たちの目には一層取っつき難く映っていたのかもしれない。そこに大人の事情が加われば、その世界の中で彼女が孤立するようになるまで、さほどの時間はいらなかった。学校の時間の中では、僕らは「ダンシ」の世界からそれを遠巻きに見ていることしかできなかった。

「関係ないよ」

梅雨らしい曇り空の下、高校の野球部の気の抜けた練習をフェンス越しに眺めながら黒崎は言った。

「だって、それがお父さんの仕事なんだろう？　仕方ないじゃないか。お父さんも悪くないし、笹山だって、もっと悪くないよ」

彼女は何も言わなかった。壊れた眼鏡の弦を留めているテープに一度指をやって、黒崎は続けた。

「会社には、色んな仕事をする人がいるだろう？　お父さんだって、たぶん、そんな仕事を好きでやってるんじゃないと思うな。でも、誰かがやらなきゃいけないし、だったら自分がやってあげようと思って、お父さんはやってるんだと思う。日直とか、掃除当番とかと一緒だよ。だから、その会社の人は、誰もお父さんに文句なんて言えないと思うよ。僕は言っちゃいけないと思う」

彼女はやっぱり何も言わなかった。黒崎はなおも彼女を慰め続けたが、彼女はじっとフェンスの向こうを眺めていた。

「ジョシ」の世界は、やることが執拗に徹底していた。どんな必要に迫られても、誰も彼女に一切の言葉をかけなかった。社宅から通う生徒は全生徒の一、二割を占めていたと思う。ほとんどの生徒が何となく事情を知っていたし、「ダンシ」の世界にも、「ジョシ」の世界の成り行きを許容する空気があった。ただ温和なだけの初老の女性教師は、その様をおろおろと見守ることしかできなかった。

「相手が男ならぶっ飛ばしてやるんだけどなあ」

ヘタクソ、と特大のファウルを打ったバッターを野次ってから、がしゃんとフェンスに背中を預けて舟木が言った。

「女の子は殴れないよなあ。そんなことしたら、俺が親父にぶっ飛ばされるし」

「いいの、別に」と彼女はフェンスの向こうを眺めたまま、ようやく口を開いた。「前の学校でも同じだったし」

僕らは顔を見合わせた。

どこも好きじゃなかったのかな。

以前の彼女の言葉を思い出した。

「だから、私のために喧嘩したなら、もうそういうこと、やめて」

フェンスから僕らに向き直って、彼女は微笑んだ。

いや、別に笹山のためってわけじゃ、と言って、舟木は頬に新しくできた擦り傷を指で掻いた。

「ダンシ」の世界で彼女の悪口を言った同級生を舟木が突き飛ばしたのは、その前の日のことだった。

だって、あいつ、暗いもん。ジョシも無視してるっつうか、相手にしてねえだけだろ。しょうがねえよ。それにさ、あいつ、ちょっと臭くね?

そいつは僕と同じ社宅に住んでいた。彼の父親の身にも何かがあったのかもしれない。

その言い方には言葉以上の悪意が溢れていた。

僕や黒崎が反論する前に、笑みを浮かべた他のダンシたちが追従(ついしょう)する前に、舟木はそいつを黙って突き飛ばした。そいつは派手な音を立てて、座っていた椅子ごと後ろに倒れ込んだ。何だよ、お前、笹山のこと愛してんのかよ、と言い募(つの)ったそいつになおも殴りかかった舟木を、僕と黒崎も一度は止めようとはした。が、結局、止めなかったのは、そいつがこともあろうに「そういや、笹山もお前のこと好きみたいだもんな」と言ったからだ。僕と黒崎は、黙ってそいつが舟木にぽこぽこと殴られるのを眺めていた。一対一だったはずの喧嘩は、それでもすぐに三対一になり、僕と黒崎が改めて止めに入ったときには五対一になっていた。そうなると、もう止まるわけもなく、僕と黒崎は五対三の喧嘩をする羽目(はめ)になり、舟木は頬に擦り傷を作り、僕は右腕にあざを作り、黒崎は壊れた眼鏡の弦をテープで留めることになった。

「どうせ、すぐに引っ越すし」と彼女が言った。

「引っ越す?」とフェンスから背中を離して、舟木が聞き返した。「え? 笹山、引っ越すの? いつ?」

「わからないけど、いつもそうだから」と彼女は言った。「前の学校も三学期だけしかいなかったし。今度も、夏休みぐらいには引っ越すんじゃないかな」

僕らはまた顔を見合わせた。何の言葉も浮かばなかった。

「だって、そう決まったわけじゃないんだろ？」と黒崎がようやく言った。

「決まったわけじゃないけど」と彼女は言った。「でも、そうなると思う。お父さんもそう言っているし。転勤って、決まるのが、いっつも急だから」

彼女が同意を求めるように僕を見たけれど、僕はそんなこと知らなかった。同じ会社にいても、親父は今まで一度も転勤などしたことはなかった。

「だって、笹山のお父さんはきたばっかりじゃんか」と舟木が言った。「相田のお父さんなんて、ずっとここにいるんだから。順番なら、相田のお父さんのほうが先だろ？」

引っ越すならお前が引っ越せとでも言うように、舟木は僕を見た。僕が何かを言い返す前に、彼女が口を開いた。

「そういうんじゃないの」と彼女は言った。「そういうんじゃなくて、それが私のお父さんの仕事だから」

「だってよお」と舟木が言った。「そんなのありかよ」

じとじととした雨と「ジョシ」の世界の嫌がらせが、終わることなく続いていた。ずいぶんと言葉を尽くしたようだけれど、黒崎の人望と論理をもってしても、「ジョシ」の世界の嫌がらせは終わらなかった。「別に何もしてないわよ」とジョシたちは言った。その通りだった。ジョシたちは彼女に何かをしているわけではなかった。ただ、徹底的にその存在を無視しているだけだった。舟木は時折かんしゃくを起こして、ジョシに向かって手を振り上げて見せることはあったけれど、さすがにそれを振り下ろすようなことはしなかった。「バカじゃない」とジョシたちは冷ややかに舟木を見返した。僕はといえば何もできず、ただ役立たずの案山子(かかし)みたいにそこにいただけだった。

取り巻く状況が厳しくなっていったのは、彼女だけではなかった。彼女の家族も、社宅の中で嫌がらせを受けているようだった。

「これ、どうするの?」

夜、風呂に入ろうかと風呂場に向かっていた僕は、リビングでお袋が親父に言う姿を目にした。お袋が手にしているのは回覧板だった。

「どうするって、回覧板くらい回せばいいだろう」

「前に回したら、筒井(つつい)さんに嫌味を言われたわ。お宅、お隣さんに回覧板回してるんですか。お宅の次はお隣さんじゃなくて、そのお隣さんじゃなかったかしら、ですって」

「じゃあ、笹山さんを飛ばして、早見(はやみ)さんのところへ回せばいいだろ」

「できるわけないでしょ。そんな子供みたいなこと」

「だったら、筒井さんの家に回してやったらどうだ。次がどこかわからないので、あなたが持っていってくださいって」

笑いながら親父がそう言った途端に、お袋の声が尖った。

「いいの、本当にそんなことして。私、やるわよ」

「お前、冗談だよ、冗談」

親父は言って、ため息をついた。

「ごめんなさい」とお袋が言った。

「いいんだ」と親父が言った。

今、思えば、当時の親父はかなり厳しい立場に追い込まれていたのだろう。彼女の父親が陣頭指揮を取ったコストカットは、工場側の思惑をはるかにこえたものだった、と、ずいぶんあとになってから親父から聞かされた。長い間、工場で管理部門を担当していた親父は、正面から本社の要求をぶつけられる立場にいた。けれど、そのときの僕にはそんなことはわからなかった。これじゃ丸っきりクラスのジョシと同じじゃないか。そう思えたのだ。

「僕が持っていくよ」

僕はリビングに入ると、気まずそうな顔をしたお袋の手から回覧板を奪い取るようにして家の玄関を出た。そのまま隣の彼女の家のチャイムを鳴らした。お父さんかお母さんが出てきたら、なるべく元気よく挨拶しようと僕は思った。が、出てきたのは彼女だった。無表情に玄関を開けた彼女は、僕の顔を見るとくしゃりと表情を歪ませた。泣き出しそうな、あるいは笑い出しそうな、よくわからない表情だった。

「あ、これ。回覧板」

「うん」と頷いて、彼女は回覧板を受け取った。「ごめんね。誰か、社宅の別の人かと思ったから。変な顔してたでしょ」

彼女の背後から、彼女の両親の声が聞こえた。怒鳴り合っているとまではいかなくても、話し合っていると呼ぶには、その声は大き過ぎた。

「出よ」

回覧板を靴箱の上に置くと、彼女は僕を促して家を出た。

僕らは社宅の敷地の中にある小さな公園に向かった。朝から続いていた雨は、そのときだけ降り止んでいた。濡れているベンチやブランコに座るわけにもいかず、僕らはついていた雨水を手で払うと、並んで鉄棒に寄りかかった。僕らの他に人影はなかった。

「最近、喧嘩ばっかり」

彼女が呟いた。

「うちだってそうだよ」と僕は笑った。「しょっちゅう喧嘩してる。さっきだって」

そう言いかけ、それ以上言えるわけがないと気がついて、僕は言葉を止めた。僕の言葉の続きを待っていた彼女は、それ以上続かないと知って俯いた。

「うちのお父さんのせいね」

「違うよ。お父さんのせいじゃない」

それは慰めではなかった。親父とお袋は、誰かとか何かとか、そういうものにではなく、もっと大きな、名前のつけようのないものにのしかかられて、苛立っているように僕には思えた。社宅の他の人も、みんなどうしようもない何かを彼女や彼女の両親に向かってぶつけているだけのような気がしていたのだ。けれど、そのころの僕は、それを彼女にうまく伝えることはできなかった。

「ありがとう」と彼女は言った。

それがただの慰めじゃないことを説明しようとしたけれど、やっぱりうまい言葉は浮かばなかった。

ふと右手にぬくもりを感じて、僕は息を飲んだ。外灯も少ない暗く小さな公園で、僕らはしばらく手をつないだままじっとしていた。何かをするべきなんじゃないかと思っても、何をしていいのかわからなかった。黒崎ならきっととても上手なことを言って彼女を慰めてあげられるんだろうと僕は思った。舟木ならぎゅっと手を強く握り返して彼女を安心させてあげるのかもしれないなとも思った。けれど、僕は何もできなかった。どんなに考えても何をしていいのかわからなかった。僕にわかったのは、今、ここにいるべきなのは、黒崎か舟木かのどちらかで、自分ではないんだということだけだった。

星もない曇った夜空を見上げながら、どれだけそうしていただろう。やがて右手から彼女のぬくもりが消えた。

「帰ろう」

僕らは無言で建物の中に入り、それぞれの家へ戻った。

彼女の引越しが決まったのは、夏休みに入る直前だった。言われたときからそういう可能性を考えてはいたけれど、それが現実になってしまったことに僕ら三人はあっけなくうろたえていた。二学期には、彼女はもういない。

梅雨が明け、夏の空が顔を出しても、僕らの気持ちは晴れなかった。落ち込む僕らをよそに、学校全体には、夏休み前のうきうきとした高揚感が漂っていた。引っ越すと決まって気持ちが楽になったのだろう。彼女の表情にも少しだけ明るさが戻ってきた。僕らにしてみれば、とても複雑な気持ちだった。彼女はこんな学校にいないほうがいい。けれど、それは同時に僕らからも離れることになるのだ。

夏休みを間近に控えた日、授業の間の短い休み時間に、舟木が僕と黒崎をトイレに誘った。

「トイレぐらい、一人で行けよ」と僕は言った。

「いいから、こい」

舟木はやけに強い口調で言った。一人、ぽつんと本を読んでいる彼女を目の端に残しながら、僕と黒崎は舟木に続いて教室を出た。トイレに入っても、舟木は何も言わず、黙って便器の前に立った。僕と黒崎も仕方なく舟木を挟んで便器の前に立った。

「コクハクするぞ」

チャックを下ろしながら、突然、舟木は言った。

「コクハク？」と僕と黒崎は聞き返した。

「だって、お前らだって、笹山が好きだろ？」

舟木を挟んで僕と黒崎はお互いを見遣り、それから舟木に向かって頷き返した。

「俺だって好きだ」と舟木は言い放った。「だから、コクハクするんだよ。三人のうち誰が好きかを笹山に選んでもらうんだ」

それは僕には何だか違う気がした。彼女のことは好きだったけれど、それは全然そういうこととは違うように思えた。黒崎だって、たぶん、舟木だって同じだったのだと思う。

けれど、舟木はそう提案したし、その提案に僕と黒崎も頷いた。だって二学期には彼女はいなくなってしまうのだ。他にどうしようがあっただろう。

「今すぐ？」

チャックを下ろし、小便を始めながら黒崎が聞いた。

「俺はいつでもいいぜ」と舟木が返した。

「僕もいつでもいい」とやっぱり小便を始めながら僕も言った。

黒崎はしばらく考え込んだ。僕らの小便が便器を叩く音だけが響いた。

「取り敢えず」と小便を終え、チャックを上げて、黒崎が言った。「海へ行こう」

「海？」と舟木は言った。

「女の子にコクハクするなら、そういう場所がいいんだよ」

黒崎は手を洗いながら言った。

海で女の子にコクハクする。

まあ、そういうものかもしれないな、と黒崎の隣で手を洗いながら、僕は思った。けれど、海で彼女にコクハクしている自分の姿は、うまく思い浮かべることはできなかった。

「負けないからな」

並んで手を洗っていた僕と黒崎の背後に立って、舟木がぼそりと言った。鏡越しにこちらを睨みつける舟木を見て、僕と黒崎は顔を見合わせた。舟木はそのままトイレを出て行こうとした。

「舟木」

黒崎が呼び止めた。舟木が挑むように振り返った。

「手ぐらい洗えよ」

一瞬、言葉に詰まってから、バカヤロと呟いて、舟木はトイレを出て行った。

夏休みが始まったその日に、僕らは彼女と一緒に海へ出かけた。朝早く待ち合わせて乗り込んだ電車には、僕らと同じ年頃の子供たちが大勢見受けられた。楽しそうに仲間たちと笑っている彼らをよそに、僕らは黙りこくっていた。彼女にコクハクする。電車の中でも、海辺へ歩いているときも、そのことだけがお腹の底に重く澱んでいて、僕らはうまく喋ることができなかったのだ。黙り込む僕らをどうにかしようと、彼女だけが明るく喋り続けていた。

海につくと、人の大勢いる砂浜を避けて、僕らはあまり人影もない岩場に陣取った。服を脱ぎ、家から着てきた水着になり、彼女が持ってきた浮き輪を膨らませ、始まったばかりの夏の海に足を浸せば、やはり小学生だったのだろう。僕らは次第にいつもの僕らに戻っていった。誰が一番高い岩場から飛び込めるかを競争し、誰が一番早く魚を見つけられるか競争した。持ってきたお弁当を分け合いながら食べ終えると、僕らは浮き輪に彼女を入れて、その浮き輪につかまりながら足のつかない場所まで泳いでいった。

「な、これ、珊瑚じゃねえか？」

海底にもぐって取ってきた淡いピンク色の石を太陽に掲げて、舟木が言った。

「ただの石ころだろ」と僕は言った。

「でも、奇麗」

舟木から受け取った石を、彼女は浮き輪に載せて眺めた。

「だろ？」

舟木がにんまりと笑った。僕も海底にもぐり、それよりも奇麗な石を探した。あれだと思い定めて伸ばした手の先にあった石は、いつの間にかもぐってきていた舟木に先に取られてしまった。僕らは同時に海面に顔を出した。

「こっちのほうが奇麗だ」

さっきの石を遠くに放り投げると、新しい石を浮き輪に載せて舟木が言った。

「そうね」と彼女が言った。「こっちのほうが奇麗」

僕はまたもぐって、別の石を探してきた。

「これは?」

僕はさっきの石の横にその石を載せた。彼女は、うーん、と首をひねり、こっちの勝ち、と僕が拾ってきた石を手にした。

こっちのほうが奇麗。これはそうでもなかった。

何度ももぐって石を取り、ふと気づくと、黒崎の姿が見当たらなかった。慌てて周りを探すと、黒崎は岩場に座って、こちらを眺めていた。

「どうしたんだ、あいつ」と舟木は言った。

「だいじょーぶー?」

叫んだ彼女に、大丈夫だというように黒崎は手を振り返した。

「ちょっと見てくる」

僕は浮き輪を離れて、岩場まで泳いで戻った。黒崎は足を抱えて座り、沖にいる二人を眺めていた。どこかに怪我(けが)をしたわけではなさそうだったので、僕は黒崎の横へ行き、ごろりと横になった。さっきまでの波の感覚が体を揺らしていた。僕は目を閉じて、しばらくその感覚を楽しんでいた。夏の太陽が上下する僕の胸をじりじりと焼いていた。

「帰りたくないな」

ぽつりと黒崎が言った。

僕は体を起こした。しばらく黒崎を眺め、それから黒崎と同じように足を抱えて座り、沖にいる二人に目をやった。さっきと同じように彼女は浮き輪にすっぽりとはまり、舟木がその浮き輪につかまっていた。と、舟木の姿が消えた。もぐって彼女の足をくすぐったりしたのかもしれない。彼女が高い声で笑った。その笑い声が僕らのもとまで響いてきた。舟木がまたぷかりと顔を出し、やっぱり僕らに聞こえるくらい大きな声で笑った。二人の周りの波が太陽の光をきらきらと反射させていた。明日だって、明後日だって、来年の夏だって、再来年の夏だって、こうして過ごしたっていいじゃないかと思った。

「何でこのままじゃ駄目（だめ）なんだろう」と僕は言った。

黒崎は二人から僕に視線を移し、微笑んだ。

「たぶん、子供だからじゃないかな」と黒崎は言った。「僕らがまだ子供だから」

僕は黒崎を見た。いつもの眼鏡を外した黒崎は、いつもとは別の人みたいだった。黒崎は大人なんだなと思った。

「本当はね」

僕の視線から逃げるようにまた二人を見て黒崎が言った。

「本当は言いたくないんだ。笹山のことは好きだけど、でも」

黒崎は少し考え、首を振った。

「本当は言いたくない」

「僕もだよ」と僕は言った。

黒崎は驚いたように僕を見た。

「たぶん、舟木だってそうだと思うよ」と僕は言った。「本当は言いたくないんだと思う」

黒崎はしばらく僕を見つめ、やがてにこりと微笑んだ。

「相田はすごいな」

「え?」

「人の気持ちがちゃんとわかる。僕は駄目だよ」

全然、駄目だよ。

黒崎は呟いた。

「そんなことない」と僕は言った。「黒崎のほうがずっとすごい。舟木もすごいし」

「確かに、舟木はすごいよな」と黒崎は笑った。「考えなくたって、考えたより正しいことができる」

僕らはしばらく何も言わず、二人を眺めていた。

「帰りたくないな」とまた黒崎が言った。

「うん」と僕は頷いた。

おおい、と舟木が大声で叫んで、こちらに手を振った。

「こっちこいよ。それとも、あっれえ？　黒崎クン、泳げなかったっけえ？」

からかうように舟木が言い、彼女がまた笑った。

「あんにゃろ」

黒崎が言って、立ち上がった。

「行こう。あいつ、調子に乗ってる」

「うん」と頷いて、僕も立ち上がった。

「競争だ」

黒崎は言うと、僕より先に海に飛び込んだ。僕も慌ててその後を追いかけた。

全力で遊び、ふと気づくと、僕らの肩を焼いていた夏の太陽はゆっくりと傾き始め、砂浜にいた大勢の人たちの姿もまばらになっていた。僕らは気だるく重い体を岩場の上に引き上げた。

「絶対に、覗かないでよ」

バスタオルと着替えを手にして、彼女が言った。

「覗かねえよ」と舟木が口を尖らせた。

「誓って」

彼女が右手を上げた。それを真似て、僕ら三人も右手を上げた。

「誓います？」と彼女が聞いた。

「誓います」と僕らはそろって頷いた。

「よろしい」

彼女は岩場の陰に身を隠した。

「何だよ、あれ」

僕らに笑いかけた舟木の笑みは、中途半端な形のまま舟木の体のどこかへと消えていった。僕や黒崎も似たような顔をしていたのだと思う。彼女がいなくなった途端、さっきまで忘れていた緊張感が僕ら三人の間に舞い戻ってきていた。僕らは気まずく視線を外し、それぞれに着替え始めた。このまま一日が終わればいい。このまま四人で笑いながら家に帰りたい。そう思っていたのは、僕だけではなかったはずだ。けれど、そういうわけにもいかなかった。僕らは言葉もなく着替え終わると、並んで岩を背に腰を下ろし、彼女を待った。やがて僕らの前の岩の上に着替え終わった彼女が現れた。

「お待たせ」

そう言って僕らのほうを見た彼女は、何かを感じたのだろう。岩の上でふっと足を止めた。海に沈んでいく太陽を背負った彼女の表情は、陰になって僕らにはわからなかった。

立ち上がり、お尻についた砂をパンパンと払って舟木が言った。

「帰る前に言っておきたいことがあるんだ」

僕と黒崎も立ち上がった。彼女は黙って岩場から降りてきた。僕らの前に立ち、少し怯(おび)えたように僕ら三人の顔を見渡した。

「俺は、だから、笹山のことが、だから、ええと」

舟木は困ったように僕と黒崎のほうをちらりと見た。視線を戻した舟木が口を開く前に、彼女は投げつけるように言った。

「聞きたくない」

彼女は俯いて、そっと繰り返した。

「聞きたくないよ」

舟木はぐっと息を飲み込み、それからぎゅっと目をつぶると一気に言った。

「俺は笹山のことが好きだ」

「僕もだ」と黒崎が言った。

「僕も」と僕も言った。「君が好きだ」

彼女は俯いたまま、何も言わなかった。単調な波の音だけが、僕らの間を白々(しらじら)しく漂っ

「あのよ」

ていた。自分が、何か取り返しのつかないことをしてしまったような気がした。砂浜のほうから女の人の甲高い笑い声が聞こえてきた。やがて顔を上げて、彼女は微笑んだ。

「私も三人のことが好きよ。舟木君も、黒崎君も、相田君も、大好きだよ」

「そういうことじゃないよ」と黒崎が笑わずに言った。

「そういうことじゃない」と僕も言い、舟木も頷いた。

彼女は僕らの顔を見回し、やがて悲しそうに聞いた。

「私は、どうすればいいの？」

「選んで欲しい」と黒崎が言った。

「三人の中で、誰が一番好きか、笹山が選んでくれ」と舟木が言った。

「どうしても、そうしなきゃ駄目なの？」

「どうしても、そうしなきゃ駄目なんだ」と僕は言った。

「どうして？」

「どうしても」

僕は言った。黒崎も舟木も頷き、真っ直ぐに彼女を見つめた。彼女はまた悲しそうに顔を伏せた。

「今じゃなきゃ駄目？」

「今じゃなくてもいい」と舟木が言った。「笹山の気持ちが決まったときでいい」

わかった、と彼女は呟いて、顔を上げた。それから、まるで何かに傷ついた僕らを慰めるみたいに優しく繰り返した。

「わかったよ」

その年の夏のことを、僕はあまり覚えていない。ひどく暑かったような気もするし、そうでもなかったような気もする。海へ行って以来、僕はほとんど家から出ずに過ごした。今、彼女が訪ねてくるかもしれない。そう思うと、少しでも家を空けることが怖かった。けれど、八月に入り、お盆が近くなっても彼女からは何の連絡もなかった。たまに家を出ても、彼女と顔を合わせることはなかった。彼女はきっと、すでに舟木だか黒崎だかに気持ちを伝えて、最後の夏を二人で過ごしているのだろう。そう思った。腹は立たなかった。ただ寂しかった。二人の様子を探ってみようかと自転車の鍵を持って家を出かけたこともあったけれど、もし彼女と一緒にいるところに出くわしたりしたらどんな顔をしていいかもわからず、結局それもしなかった。親父は親父で忙しかったのだろう。毎年行っていた家族旅行も、その夏は計画されなかった。

僕がぼんやりと部屋の窓から外を眺めていたときだ。道の端に舟木が立っていた。顔を出した僕に気づき、舟木は気まずそうな顔で手を上げた。ひょっとしたら家にいるかもしれない彼女の耳に届くのを恐れたのだろう。舟木は声に出さず、行ってもいいかというように僕の部屋を差した。僕は頷いた。

「あちいなあ」

舟木は僕の部屋に入ってくると、床の上にごろりと横になった。

「クーラー、ねえのかよ」

「ない」

僕は首を振っていた扇風機を舟木の顔に向けて当てた。

「しけてんなあ」

舟木は体を起こし、ぐるぐる回っている扇風機に向けてそう言った。

「ま、俺の部屋もねえけどよ」

「黒崎の部屋ならあるよ」と僕は言った。「行くか？」

それには答えず、舟木はしばらく扇風機に向けて、あーと言っていた。

「あーのーよー」と、震えて歪む声を楽しんでいるように扇風機に向かって舟木は言った。「あーれーかーらー、あーったーかー？」

「会ってないよ」と僕は言った。「見かけてもいない」

あーと舟木は扇風機に向けて言い、そのまま声を上げた。

「あーあーあー」

最後は叫ぶように言って、舟木はまたごろりと横になった。

「やっぱ黒崎か」

「そうだね」と僕は言った。「そうかもね」

僕も舟木の隣にごろりと横になった。

「ま、しょうがねえか」と天井を見上げたまま舟木は言った。

「そうだね」と天井を見上げたまま僕も言った。「ま、しょうがないかな」

「あいつ、モテるし」

「うん」

「笹山のこと、いつも励ましてたし」

「うん」

「笹山と仲良くしろって、ジョシにずっと言ってあげてたし」

「うん」

「何度も言ってたよな」

「うん。何度も言ってた」

「あー」

舟木はまた叫んで、ばたばたと手足で床を叩いた。何度も強く叩き続けた。また下の筒井さんから文句を言われるだろうな、と僕は思った。

「舟木」

「何だよ」と手足を止めずに舟木は言った。

「何でもない」と僕は言った。

あーと叫び続け、そこだけへこむんじゃないかと思うほどばたばたと床を叩き続けたあと、舟木はぴたりと動くのをやめた。僕らはしばらく並んで天井を見上げていた。クーラーのない部屋も、見上げた天井にある見慣れた染みの形も、首筋に当たるカーペットのごわごわした感触も、汗でべったりと肌に吸いついた古いTシャツも、何だかすべてが惨めだった。

「相田」

「何?」

「泣くなよな」と舟木は言った。

「そっちこそ」と僕は言った。

「泣いてねえよ」

「もうすぐ泣きそうじゃん」

「お前こそ」

「うるさいよ」

体を起こし、立ち上がり、睨み合い、僕らが取っ組み合いを始めようとしたその瞬間、家のチャイムが鳴らされた。すぐにお袋が玄関から僕を呼ぶ声がした。僕は睨み合っていた舟木を部屋に残し、玄関へ向かった。玄関には、少し気まずそうな顔をした黒崎がいた。やあ、と黒崎は微笑んだ。それに笑い返せる気分ではなく、かといって追い返すわけにもいかず、僕は黙って部屋に戻った。

「誰だよ？」と舟木が言った。

僕が答える前に、黒崎がやってきた。

「あ、舟木もいたんだ」と黒崎は言った。

「僕たちはまだ友達だよ、とか言うなよな」と舟木が言った。「お前はもう友達じゃねえ」

「そういう風に言うなよ」と僕は言った。「別に黒崎は悪くない」

「え？」と黒崎は言った。

「そうだな。お前は悪くない」としばらく考えて舟木は言った。「俺たちはまだ友達だ。うん。でも、一発殴らせろ」

「一発？　何？」

　黒崎が聞き、問いかけるように僕を見た。

「一発だけでいい」と僕も頷いた。

「眼鏡、取っとけ」と舟木は言った。「また壊したら、お前だって怒られるだろう」

「そこに置いておけばいい」と僕は言った。

　黒崎は僕と舟木を眺め、やがてほっとため息をついた。それから、それまで支えていた何かが切れたように、どかりと床に腰を下ろした。

「まだなのか」

　黒崎は言った。

「うん？」と僕は聞いた。

「まだなんだ。僕だと思ったんだろう？　違うよ。僕のところにも、何の連絡もない」

「嘘じゃねえだろうな」と舟木は言った。「嘘だったら、二発殴るぞ」

「二発じゃ足りない」と僕は言った。

「十発殴る」と舟木は言った。

「百発でもいいよ。嘘じゃない」と黒崎は言った。

　何だよ、と舟木が言って、その場に座り込んだ。

何だよなあ、と僕も言った。

「明日から、旅行に行くんだよ」と黒崎は言った。「家族でさ。その間に何かあったら困るから、それだけ知らせておこうと思って」

「いつ帰ってくる?」と僕は聞いた。

「二泊三日だから、月曜日。病院、そんなに長く閉めておけないから」

「そう」と僕は頷いた。

「いるの?」

彼女の家のほうの壁を差して、黒崎は言った。

「わからない」と僕は言った。「海に行ってから、顔を合わせてない」

「そっか」

黒崎は言って、はあ、とため息をついた。僕と舟木も、はあ、とため息をついた。「強」を指示された扇風機だけが、元気よくぶんぶんと唸(うな)りを上げて回っていた。

「行ってみようか」と僕は言った。

「やだよ」と舟木が言った。「何かカッコ悪い」

「決めるまで待つって言っちゃったしね」と黒崎も言った。

翌週の月曜日には黒崎が家族旅行から帰ってきて、その日から、僕ら三人は、大体一日を一緒に過ごした。一緒にいれば、誰かのもとに彼女からの連絡があったことが他の二人にもわかる。恨みっこなし。殴るのもなし。要するに僕らは、それ以上長い緊張に耐えられなかったのだ。

焦れる僕らをよそに、世間はお盆休みに入っていた。僕らは舟木の家の修理工場にいた。がらんとした広いガレージの片隅にあった、廃棄処分を待っている車に乗っていた。工場は休みだったのだろう。他に人はいなかった。シャッターを締め切ったガレージは、ひどく蒸し暑かった。

「これがクラッチ。これを踏んで、ギアを入れる。ギアを入れたら、ゆっくりとクラッチを外していって、その代わりにこっちのアクセルをゆっくり踏み込む。これが一速で、二、三、四、五。で、こっちがバック。ここがニュートラル」

座っているだけでも流れる汗を拭いながら、運転席に収まった舟木が説明した。

「簡単そうだな」と助手席から舟木の足元を覗き込んで、僕は言った。

「簡単だぜ」と舟木は言った。

「これ、まだ動くの?」

後ろの座席から身を乗り出した黒崎が言った。

「動くけど、駄目だよ。見つかったら、親父にぶっ飛ばされる」

「ちょっとぐらいならいいんじゃないかな」と僕は言った。

「お前、うちの親父の怖さを知らないから」と舟木が言った。「本当にぶっ飛ばされるんだぜ」

シャッターの隣にある扉が開いて、薄暗いガレージの中に眩しい夏の日差しが入ってきた。僕ら三人は慌てて車から降りた。ガレージに行くという舟木の言葉に、お前ら、絶対に車には触るなよ、と念を押した舟木の親父さんの顔を思い出したのだ。明日行われる町の花火大会の準備で出かけたはずだったが、もう帰ってきていたのかもしれない。咄嗟にそう思ったのだ。が、入ってきたのは舟木の親父さんではなかった。

「家に行ったら誰もいなくて、こっちから音がしたから」と彼女は言った。

「あ、ああ」と舟木が言った。

舟木か、というように、黒崎が情けなく僕に微笑みかけた。

「相田君の家に行ったら、舟木君の家だっていうから、黒崎君も一緒かなと思って」

僕ら三人は顔を見合わせた。僕の家に行ったら舟木の家にいると知って、黒崎も一緒だと思ってここへきた。それじゃ用事があるのは、いったい誰なんだ？

彼女は僕らのほうへやってきた。

「何してるの?」

「運転を教えてたんだ」と舟木が言った。

「すごい。運転できるの?」

「ちょっとくらいならな」と舟木は言った。

「私にも教えてよ」

「いいぜ」

舟木がまた運転席に乗り込んだ。僕は彼女に助手席を譲り、黒崎と一緒に後部座席に乗った。舟木はサンバイザーに手を滑らせると、そこからキーを取り出した。差し込んだキーを回すとエンジンがバタバタと音を立てて動き出した。

「すごい」と彼女が言った。

「これくらい、誰だってできる」と舟木が言った。

「見つかったら、ぶっ飛ばされるんじゃなかったっけ?」と僕は言った。

「見つからなきゃいいんだよ」と舟木は言った。

これがクラッチ、これがギア、と僕らにした説明を繰り返しながら、舟木はクラッチを踏み込み、ギアを入れた。

「ゆっくりつなぎながら、アクセルを優しく踏み込む」

車がとろとろと動き出した。

「おお」と僕と黒崎は言った。

「すごい。動いた」と彼女も言った。

他の車や工具を避けながら、車はゆっくりとガレージの中を一周して、もとの場所に戻った。

「ま、こんな感じだな」

さりげなく手のひらの汗をシャツのお腹の辺りで拭いながら、舟木は何でもなさそうに言った。

「私にもできる？」

「できるだろ。簡単だから」と舟木は言った。

「やらせて」

「僕も」と僕は言った。

「僕も」と黒崎が言った。

「あ、いや、でもなあ」と舟木が言った。

「駄目？」と彼女が言った。

「いや、駄目っていうんじゃないけど」

「ケチ」と僕は言った。

「ケチだな」と黒崎も頷いた。

「そうじゃねえよ。そうじゃねえけど」と舟木は言い淀み、それから期待のこもった目で自分を見る彼女と僕らを見て、頷いた。「じゃ、いいよ。教えてやるよ」

僕らは交代で舟木から運転を教わった。クラッチをつなぐタイミングがわからなくて、なかなかうまくいかなかった。車がガタンガタンと揺れるたびに、エンジンが不機嫌に止まるたびに、僕らはげらげら笑った。

「へたくそ。お前、運転に向いてねえよ」

「車が悪いんだろ。車が」

「ほら、そこ。工具踏むなよ。俺が親父に殺される」

「殺されとけ」

それでも一時間も教われば、二速までギアを上げて、僕らは車を動かせるようになった。

「これで、どこへでも行けるね」と慎重にハンドルを切りながら、彼女は言った。「ね、どこに行きたい?」

「家まで送って」と僕は笑った。

「また海に行こうよ。暑いや」と黒崎が言った。

「私はね」

一周交代のはずだったが、もとの場所に戻っても彼女は車を停めなかった。

「どこか知らないところに行きたいな。今まで住んだことのある場所でも、これから行くところでもなくて、全然、知らないところ」

車が三周目に入った。フロントガラスの向こうにガレージのシャッターが現れた。それまで円を描いていた車の軌道を彼女が変えた。車は真っ直ぐにシャッターに向かって進んだ。

「笹山？」

近づいてくるシャッターに、シートに体を押しつけるようにしながら舟木が言った。彼女はシャッターの手前で車を停めた。けれどエンジンを切りもしなかったし、運転席から降りもしなかった。彼女はきゅっと口をすぼませ、額の汗を拭った。

「ねえ、もしあのシャッターを突き破って外に出られたら」と彼女は言った。

「出られたら？」と黒崎が聞いた。

それには答えず、彼女はぎゅっとハンドルを握った。

「つかまって」

彼女がアクセルを踏み込んだ。それまで猫だと思っていた生き物が、突然、虎になったみたいだった。エンジンがグワンと大きく吠えた。ギュリッと後ろのタイヤが力強く地面を噛んだ。僕らはそろって体を後ろに持っていかれた。僕は前の座席につかまろうと咄嗟に手を伸ばした。次の瞬間、ガタン、と車が大きく一度、前のめりになった。僕は後部座席から投げ出され、前の座席との間にはまってしまった。バチンという大きな音を立てて、エンジンが止まった。隣を見ると、黒崎も僕と同じように前の座席との間に挟まっていた。僕は体を起こした。頭を打ったのだろう。助手席の舟木が額をさすりながら顔を上げた。彼女はハンドルに突っ伏したまま動かなかった。

いってえ、と呻いたあと、その様子に気づいて、舟木が声をかけた。

「笹山？」

「大丈夫？」

僕と黒崎も後ろから身を乗り出した。

彼女がゆっくりと顔を上げた。それから、目の前にあるフロントガラスの向こうのシャッターを眺めた。

「何だ」と彼女は呟き、もう一度繰り返した。「なあんだ」

やがて彼女は泣き出した。

「だって、同じだもん」

彼女はしゃくり上げながらそう言った。彼女の涙を見たのは、それが初めてだった。クラスの「ジョシ」全員から無視されても、それがどうにもならなくても、決して涙を見せなかった彼女が、僕らの前で初めて泣いていた。

「どこに行ったって同じだもん」

僕らは何も言えなかった。たぶん、彼女の言う通りだった。たぶん、どこへ行ったって、彼女はここと似たような境遇に置かれるのだろう。もっとひどいことにだってなるのかもしれない。そう思った。そう思って、僕はだんだん腹が立ってきた。何で彼女だけがそんな目に遭わなくてはいけないのか。何でそんな目に遭っている彼女に僕らは何もすることができないのか。そもそもいったい、何だってこんなことになっているのか。だんだん腹が立って、それから僕は悲しくなった。

ひどく長い時間に感じられたけれど、実際にはほんの二、三分だったのだろう。彼女は涙を拭うと、ドアを開け、車から降りた。僕らも車を降りた。

「明日、花火に行こう」

彼女は静かに言った。僕らは頷いた。

「迎えにきてくれる?」

僕らはまたそろって頷いた。

「それじゃね」

彼女はシャッターの隣にある扉を開けて、出て行った。

ふう、と舟木が長く息を吐いた。それから運転席に座り、エンジンをかけようとした。キュルキュルという音は聞こえてきたけれど、エンジンはかからなかった。

「壊れちまった」と舟木は呟いた。「親父に殺されるな」

「殺されとけ」と僕と黒崎は言った。


翌日の夕方、二人と僕の家で待ち合わせ、僕らは三人そろって隣の彼女を迎えに行った。玄関に現れた彼女の姿を見て、僕らの笑顔は固まってしまった。白に淡い紫を混ぜた浴衣を着た彼女は、いつもよりずっと奇麗だったし、いつもよりずっと大人びて見えた。僕ら三人が束(たば)になっても全然敵(かな)わない気がした。ただちょっとだけ仲良くなったくらいで彼女にコクハクしたことが、とんでもなく身の程知らずのことだったように思えた。

「似合わない？」

言葉をなくした僕らに、彼女は自分の姿を見回した。僕らはぶるぶると首を振った。

「似合ってる」と黒崎がやっと言った。

「すごく似合ってる」と僕も言った。

「うん」と舟木は意味もなく頷いた。

「ありがと」

彼女は微笑んで、手に持った桃色の小さな手提げをくるりと一度回した。

町を挙げての花火大会ということで、近隣の町からも大勢の人がやってきていた。花火大会の会場になっている川辺へ向かう人たちで歩道は埋められていた。前と左右を守るように彼女を真ん中に置き、僕らは人に揉まれながらずりずりと前進を続けた。

「こっち」

大通りに出たところで、彼女は人の流れから外れた。僕らは彼女に導かれるまま、町外れにある神社へと足を向けた。

「ここじゃ花火、見えないぜ」

高台にある神社への石段を上りながら、舟木は言った。

「前にきたことがあるんだよ。見えるかなと思ったけど、木が邪魔で見えないんだ」

「いいの」

人気のない参道を歩き、賽銭箱の前までやってきた。舟木の言った通り、そこから花火は見えそうになかった。けれど彼女は、そのまま神社の建物を回り込み、その裏手の雑木林に続く細い道に入って行った。木々の間をしばらく歩くと、小さな池に出た。小さなころ親父とよくフナを釣りにきたが、神主の代が替わると、釣りは禁止され、最近はきていなかった。先ほどの喧騒が嘘のように池は静寂に包まれていた。見上げると、立ち並ぶ木々の間から一際明るい星が池と僕らを見下ろしていた。

しばらく池を眺めていた彼女が僕らを振り返り、こほんと一つ咳払いをした。僕ら三人の間に緊張が走った。

「この前のこと」と彼女は口を開いた。「ありがとう。嬉しかった。三人から好きだって言ってもらえて、本当に嬉しかった。この町にきてよかったって、本当にそう思った」

うん、と僕らは頷いた。

「それでね、考えた。三人の中で、私は誰が一番好きだろうって。考えた。すっごく考えたけど、でもわからなかった。三人とも大好きだから。大好き過ぎてわからなかった。わからなかったけど、一生懸命考えた。そうしなきゃ駄目だってみんなが言うなら、そうしなきゃ駄目なんだって思って、一生懸命考えた」

「それで」と黒崎が言った。「決まったの?」

彼女は僕ら三人の顔を順にじっと見渡し、それから頷いた。

「誰?」と僕が聞いた。

「誰でもいいぜ」と舟木は言った。「笹山が引っ越したあとだって、俺たち三人はずっと友達だ。笹山が誰を選んだって、そいつを仲間外れにしたりしない」

な、と舟木が言い、僕らは頷いた。

彼女は持っていた桃色の小さな手提げを開けた。中から、白い封筒を取り出した。

「その人に手紙を書いた」と彼女は言った。「口ではきっとうまく言えないから、手紙を書いたの」

それを誰に差し出すのか。僕らは彼女の手元を見ていた。池の周りの木々たちも、じっと息を潜めて彼女の結論を待っているようだった。が、彼女はそれを手提げに戻すと、代わりに折りたたまれたビニール袋を取り出した。そこに手提げを入れて、足元にあった石ころをいくつも入れ始めた。何をしているのかわからず、僕らはただ彼女のすることを眺めていた。最後にビニール袋の口をきつく縛(しば)ると、彼女は顔を上げた。

「このまま行かせて」と彼女は言った。

「え？」と僕は聞き返した。

「今日で最後だから」

「最後？」と黒崎が聞いた。

「明日、引っ越すの。会えるのは今日が最後」

ぐっと舟木が息を飲んだ。ふうと黒崎が息を吐いた。僕はどちらもできなかった。ただ、息が止まった。

「だから、このまま行かせて」

「どうしてだよ」と舟木が言った。

「楽しかったから。四人で一緒にいたとき、私はすごく楽しかった。そのときのことを思い出せば、私はこれから先、どんなことがあっても大丈夫だから。だから、みんなにもそうであって欲しいの。私のことをいつか思い出したら、そのときに、あのときは楽しかったな、って思い出して欲しいの」

「そんなこと」

黒崎が言いかけた。黒崎の言いたいことはわかっていた。僕らだって楽しかった。それはどんなことがあっても忘れないし、誰を選んだって変わらない。黒崎はそう言いたかったのだと思う。

「勝手なのはわかってる。でも、お願い」

お願い。

彼女は僕らに頭を下げた。

不意に周囲がぱっと明るくなり、次の瞬間、お腹(なか)を震わせるような音がドンと響(ひび)いた。

池と僕らを取り囲んでいた木々たちが、さわりと揺れた。

「じゃあ、俺たちにはわからないままか」

空を見上げ、木々の間から散っていく花火を見上げながら、舟木が言った。それは不満を言ったのではなく、ただ緊張の糸が切れて言葉になっただけだと思う。僕らはどこかでホッとしていた。

「二十歳になったら」

花火の消えた夜空を仰いで、彼女は言った。

「みんなが二十歳になったら、ここにこよう。そのときに、この手紙を見せてあげる」

「こんな池、なくなってるかもしれない」と舟木が言った。

「そうしたら、私が自分で言うよ。そのときには、ちゃんと言葉で言えるようにしておく」

それで、いい？

そう聞くように、彼女が僕らを見渡した。僕らは顔を見合わせ、それから彼女に向かって頷いた。にっこりと笑った彼女は、浴衣の裾を乱しながら、大きな動作でビニール袋を放り投げた。ポチャンという音がして、池に波紋が広がっていった。

駅に戻ってくると、改札の前で僕らは別れの言葉を探した。またな、と言うのもどこかわざとらしかった。僕らはこれっきり、もう会わないかもしれない。かといって、じゃあな、だけでは物足りない気がした。舟木が煙草に火をつけたのは、煙草を吸いたかったからではないと思う。僕らは改札の前を離れて、道端(みちばた)にあった灰皿の近くに移動した。ぐずぐずと下らない立ち話を続けている僕らは、卒業式の日、校門の前で座り込んでいた十二歳の僕らみたいだった。

「なあ、まだ時間、大丈夫だよね」

改札を抜けて夜の町へ散っていく人たちを眺めながら黒崎が言った。僕と舟木は頷いた。

「じゃあ、行ってみないか？」

「どこへ？」と舟木が聞いた。

「池」と黒崎は言った。

「池？　まだあるのか？」と僕は聞いた。

「二年前まではあったよ」

黒崎が言い、問いかけるように舟木を見た。

「ああ。まだあるぜ。たまに一人で行くよ」

舟木は言い、ふと思いついたように顔を上げて、にやっと笑った。

「その前に、俺の家に寄っていかないか？」

僕らは舟木の家へ行くと、三人分の長靴と長い竿やら網やら懐中電灯やらを舟木モータースの軽トラックに積み込み、神社へと向かった。あのころよりずっと器用に車を操った舟木が神社へと続く石段の脇に車を停め、僕らは道具を担いで雑木林を縫う細い道へと入って行った。八年も前の話だ。手紙が見つかるとは思えなかった。けれど、誰かが引き上げでもしない限り、それは絶対にそこにあるはずのものでもあった。そしてそれを引き上げる義務も権利も責任も、世界でただ僕らだけが背負うものだった。池につくと、僕らは長靴をはいて池の中に入り、竿や網で池の底を探った。フナやらカメやらペットボトルやら空き缶やら、一斗缶に一輪車まで出てきたけれど、僕らの探す手提げの入ったビニール袋は見つからなかった。

「お前らさあ、ひょっとして疑ってないか？」

三十分ほど池の底を探し、その作業にも飽き始めたころ、舟木が言った。

「何を？」

振り返ると、舟木は懐中電灯を自分の顔の下に当てていた。

「だからさ、俺がこの池にきて、手紙を見つけて、もう読んだかもしれないって。で、相手が俺じゃなかったから、知らんぷりをしてるんだって」

「そんなこと」と僕は笑った。

「思ったろ？ 少しくらい」と舟木は言った。

「思った」と僕は頷いた。「実は、今もそう思ってる」

「してねえぞ。そんなこと」と舟木は言った。

「わかってるよ」と僕は言った。

「僕は、何か全部、夢だったような気がするよ」

腰に手を当てて体を伸ばしながら黒崎が言った。

「ねえ、本当に笹山はるかって子はいたのかな？」

「いたさ」と舟木が言った。「笹山はるかって、とびっきり可愛い女の子がな」

「うん。いたよ」と僕も頷いた。「確かに、いた」

「そうだね」と黒崎は頷いた。「本当にいたんだよな」

それからさらに三十分ほど池の底を探っても、僕らが探すビニール袋は出てこなかった。僕らは諦(あきら)めて池から上がり、そのほとりに並んで腰を下ろした。

「結局、誰だったんだろうね」と黒崎が言った。

「俺は黒崎だったと思う」

煙草に火をつけて舟木が言い、同意を求めるように僕を見た。

「わからないよ」と僕は言った。「僕じゃないことは確かだけどね」

「いじけたこと言うなよ」

舟木が肩を僕の体にぶつけた。

「客観的に見てさ。そうだったと思う。舟木は突っかかって行った。黒崎は言葉を尽くして彼女を慰めてた。僕は何もできなかった。ただ馬鹿みたいに彼女の横に突っ立ってただけだった」

「だから、相田だったんじゃないかってね。僕はそう思うんだ」

黒崎が言った。

「僕も舟木も、どうしようもないことに手を振り回してただけだった。本当にガキだったんだ。どんなに手を振り上げてみたところで、どんな言葉で彼女を慰めたところで、それはどうにもならないことだった。どうにもならないことをどうにもならないこととして受け止められたのは相田だけだった。だからね、相田だったんじゃないかってそう思うんだ」

それは、僕だったのだろうか。

僕は考えてみた。これまで、そうであったらいいと思うことはあっても、そうだっただろうと考えたことはなかった。もし、手紙が見つかっていて、そこに僕の名前が書かれていたら、たぶん、僕は喜ぶ前に悲しくなっただろう。

「何だかね」と僕は口を開いた。

「うん？」

黒崎が聞き返した。

「何だか割に合わない気がするんだよ」

「割？」と舟木が聞いた。「割って何だよ」

「あのころのこと、全部。さっき彼女のことを笑ってたあいつらもさ、あのころのことなんて覚えていないと思うよ。自分たちが彼女にどんなひどいことをしたかなんて、そりゃ記憶はあるだろうけどさ。本当に本当のところは、覚えてないと思う。そんな風にしなくたって、自分たちはちゃんとあのころを乗り切れたんだなんて、きっと考えたこともないと思う」

そうかもしんねえなと呟きながら舟木が煙を吐き出し、黒崎は黙って頷いた。

「会社のことにしたってね。確かに何人かは縁もゆかりもない地方に飛ばされた。うちの親父みたいに。多くの人は給料が下がったし、関連会社に出向（しゅっこう）になった人もいる。でもね、それだけなんだよ。誰も死んだわけじゃない。親父は、早期退職に応募してさ。今は違う会社で、結構、楽しそうにやってる。みんな同じだったと思うよ。ローンが払えなくて、家を手放したって人もいる。でも、それだけ。それだけだったんだよ。今だって、みんな、結構うまく暮らしていってるんだろう。なのに」

僕はため息をついた。あのころはただ、彼女の中にだけ爪を立てて、流れ去って行った。そんな気がした。

「どうしてもね。割に合わない気がするんだよ」

舟木も黒崎も視線を落とした。

そう。僕らは気づくべきだったのだ。そのころの僕らを傷つけるに値するものなんて、この世界には何一つないことを。僕らは、僕は、気づくべきだった。そう気づいて、僕らはただ、彼女と一緒に笑い転げていればよかったのだ。僕らはただ、あの無邪気で無防備で開けっぴろげな彼女の微笑みを、守ってあげればよかったのだ。

どれくらいそうしていただろう。

おい、あれ。

舟木の声に僕は顔を上げた。舟木の差した指の先を透かし見ると、黒い池の水面に小さな泡が立っているのが見えた。

舟木が腰を上げ、ジャブジャブと池に入り、捲り上げたジャンパーの袖が濡れるのも構わずにその辺りを手で探った。

「嘘みてえ」

池から出てきた舟木の手には、泥まみれのビニール袋があった。舟木はそれを持って、僕らのところに戻ってきた。池の水で泥を落とし、きつく縛られていたビニール袋を開けた。桃色だったはずの手提げは泥水に濡れて汚れていたが、中から取り出した白い封筒はさほど汚れていなかった。ついさっき彼女が投げ入れたものを僕らが手にしているみたいだった。水の染みた部分が破れないように気をつけながら、黒崎が便箋(びんせん)を取り出し、慎重(しんちょう)に広げた。舟木が懐中電灯を当てた。所々が滲(にじ)んでいたが、青いボールペンで書かれた手紙はちゃんと読めた。

親愛なる人へ。

手紙はそう書き出されていた。

親愛なる、って、素敵な言葉だと思わない？　DEAR。英語ではそう言うそうです。ただ親しいだけじゃなく、ただ好きなだけじゃなく、もっとぴったりと私とあなたがいる感じ。紙の表と裏みたいに、二人で一つの感じ。ねえ、私はあなたが好きです。大好きです。一枚の紙みたいに、ぴったりと一緒になって、朝から夜までずっとそうしていたい。学校にも行かないで、家にも帰らないで、ただあなたと二人だけの場所で、ずっとぴったりと過ごしていたい。

明日、私はいなくなります。明日から、もうあなたと会えなくなる。そう考えただけで泣いちゃいました。あなたのことを思って何度も泣いちゃいました。でも、それも今日までです。明日からは、笑うためにあなたを思い出します。学校中からいじめられたって、町中から無視されたって、私はあなたのことを思い出しながら、笑って生きていきます。だから、どうか元気でいてね。いつか、またきっと会えるから。

親愛なる人へ。笹山はるか。

手紙はそう結ばれていた。

頭をつき合わせるようにして手紙を読んでいた僕らは、ほとんど同時につめていた息を吐いた。

「宛名（あてな）はなし、か」

僕は言った。

「しょうがないよね」と黒崎は言った。

「しょうがねえよな」と舟木も頷いた。

あのときこんな手紙を渡されていたら、あるいは、こんなことを言われていたら。それでも僕らには何もできなかっただろう。何もできずに困り果てて、力なく彼女を見つめ返したのだろう。それは十二歳の彼女が、僕らではない僕らに宛てて書いた手紙だった。

「ずっと思ってたんだ」

手紙を丁寧に畳むと、暗い池の水面に視線を移して、黒崎が言った。

「何で、彼女は本名でやってるんだろうって。だって、ああいうのって、普通、名前を変えるだろう？　詳しくはわからないけど」

詳しくはわからないけれど、確かに、ああいう仕事を本名でやる人は少ないような気がした。

「何かね、僕たちに向けたメッセージなんじゃないかって、そう思ってたんだ、ずっと」

わからないけどさ、と黒崎は笑った。それを受けて、舟木が苦く笑った。

「あんたたちの初恋の女の子は、立派に女になって、お金のために好きでもない男とおまんこしまくってますから、さっさと下らない幻想は捨ててくださいってか？」

「そうじゃないよ」と黒崎は真顔で言ってから、ふっと笑った。

いや、そうなのかもしれないけどさ。

「みんな、元気ですか？　私はこうやって、元気に生きてますって、そんな感じ」

僕らは誰も彼女を守れなかったんだよ。

呟くように黒崎は続けた。

「僕らは幼かったし、僕らの感情も幼かった。彼女だけはそれを知っていた。でもね、彼女の中で僕らはきっと何かの支えにはなっていたと思うんだ。だから、それはきっとメッセージなんだよ。他の誰かにどう思われたっていい。西田君はきっと私の物真似をして、私を笑いものにするだろう。そうなっても親愛なるあなたたちだけにはどうしても伝えたかった。私は元気で生きていますって。笹山はるかは、二十歳になっても、こうして元気で生きていますって」

そういうことなんじゃないかな、と黒崎は結んだ。

けっと舟木は吐き出したが、その顔には満更でもなさそうな笑みが浮かんでいた。

もちろん、そんな奇麗事だけじゃないだろう。彼女がそうなるには、そうなるだけの理由があり、過程があったはずだ。けれど、彼女が本名を名乗ったその思いの中にひと欠片くらい、黒崎が言う通り、僕らへの思いがあるような気がした。

もう死んじゃってるかもね。

不意にそのときの彼女の声が聞こえた気がして、僕は夜空を仰いだ。

「八年もあとだもん。死んじゃってるかもしれないでしょ」

そう呟いた十二歳の少女は、きっと彼女の中にまだ生きているのだろう。そして時折、僕らのことを思い出し、二十歳の彼女に微笑みかけているのだろう。

黒崎が僕に手紙を差し出した。十二歳の彼女が誰にも渡せなかった手紙を僕は受け取った。

僕はその手紙を手提げに戻し、石が入ったままのビニール袋に入れた。

舟木と黒崎を見た。二人が頷き返した。僕の手を離れた袋は、大きな放物線を描いて、ポチャンと池に落ちた。暗い水面に広がって消えていく波紋を僕らは言葉もなく眺めていた。

いつかきっと、僕らはまたここにやってくるだろう。そのとき、僕らの視線の先には、あのころみたいな飛びっきりの笑顔を見せてくれる彼女がいる。そんな彼女に、僕らはあのころに負けないくらいの笑顔を返すだろう。あの日、僕らは、確かにそう約束したのだから。

わかれ道

真伏修三

真伏修三（まぶせ・しゅうぞう）
東京都在住。幻想小説などに影響を受け、大学在学中より執筆をはじめる。海外小説の翻訳、雑誌記者の傍ら同人誌に作品を発表、斯界の注目を集める。本作は著者初の恋愛小説であり、エンターテインメント小説界でのデビュー作である。

あと半月もすれば本格的な秋がはじまるという頃に転校生がやって来て、それが、長い髪を腰のあたりまで垂らした美少女とくれば、安っぽいコミックだ。

高校二年生になっても僕らはそんな話が好きだったが、現実にはあり得ないということも承知の上だった。

だから、新川幸恵(しんかわゆきえ)がヨーロッパの古い博物館か美術館の暗いひと隅(すみ)にひっそりと掛(か)かっている美しい肖像画から脱(ぬ)け出してきたような美人で、よろしくと下げた頭を戻したとき、肩から腰にかけての髪の流れが少し乱れたのを見ても、コミックじみた物語(ストーリイ)を連想した奴は、ひどりもいなかったと思う。僕をのぞいては。

教室に入ってきた新川幸恵を見た瞬間から、僕は彼女と二人で葦川(あしかわ)の川辺を夕暮れの光に照らされながら歩いたり、柄(がら)の悪い不良どもに絡(から)まれている彼女を単身救出に駆(か)けつけたりする自分を空想しはじめていた。クラスで空(あ)いているのは、僕の隣りの席だけだったせいもあるのかもしれない。

「おまえなあ、あの娘にノック・ダウンか？」

本神恭次からこう訊かれるのも、想定内だった。クラスの女子から、何かに憑かれたわねみたいな眼で見られたり、クスクス笑いを向けられたりするのに比べれば、ずっとましだった。

「なにが？」

僕が足を止めて本神を見つめた。本当は見上げたのだ。僕より頭ひとつ大きなバスケット部副キャプテンの身長は、一八七センチある。僕たちは下校の途中だった。

「ずっと新川幸恵のこと見てただろ。ヤバいぞ」

「別に見てない。教科書を読んでた」

「ちょっと読んで、また新川を見る。十倍も長くだ。みんな気がついてるぞ」

「賭けてもいいが、おれだけじゃないはずだ」

この意見が違っていたら、僕以外のクラスの男どもは、男じゃなくなってしまう。

「まあな」

と本神は認めた。それでこの話題は終わった。

坂下のバス停まで、正門を出て徒歩で五分とちょっとかかる。そこで話題は復活した。

僕が、

「おまえも見てただろ?」

と訊いたのだ。

今どきの高校生で、自分の絡んだ異性の話になると真(ま)っかっか。こんな奴がいるかと思うだろうが、僕はひとり知っている。

「莫迦(ばか)言うな」

本神の声に、周(まわ)りの数人がぎょっとこちらを見た。全国大会で評判になったのは、初出場二位の成績よりも、本神のトス・テクニックよりも、物理的に不可能と新聞に書かれたスピードよりも、一万人収容できる体育館中に響き渡ったその気合いだった。

「お、赤いですねえ、未来のキャプテン」

こう言って、僕はやめておいた。これ以上からかうと、僕でもタダじゃすまなくなる。

バスケ部の新人女子をネタに本神を冷やかした隣りのクラスの奴が、見事なフックを食らって吹っ飛ぶところを、僕は目撃している。昼飯どきにベランダでおしゃべりしていた僕らの前を、その生命(いのち)知らずは女子部員の名前を鼻にかかった声で連呼しながら通り抜けたのだ。彼が手加減してくれても、僕が愛用のクロッキー帳と印象派の画集で防いだとしても、無事でいられるかどうかはあやふやだ。

バスが来た。下りるところもJRの駅前で同じだ。本神の家はホテルを経営している。僕の家はその裏のサラリーマン家庭だった。

バスを降り、じゃあなと別れるまでに、僕たちは次のような会話を交わした。問題は、これがバスに乗り込んでから三分以上（だろうと思う）たった後の会話だったことだ。僕も本神も気になっていたんだ。

「誰かが手を出すよな」

「そういう言い方はやめろ。手とか」

本神のこの言葉を、新川幸恵への感情がなせるものと、僕は解釈しなかった。僕は「真面目」で通っている。誓ってもいい。本神はそれ以上に堅物だった。

「三年には、ちょい悪がごろごろいるそうな」

僕はめげずに言った。

「やくざの女に手を出して、ヤキ入れられた奴もいる。一年以上になるのに、まだ飲み食いの勘定を持たされてるらしい。それでも、ナンパやめてない」

「おれも聞いたよ」

本神はぶすりと言った。

「関条女子（せきじょう）の娘（こ）を妊娠させたって奴だよな」

「そういう噂（うわさ）だ」

「だけど、どうしてそういう奴に引っかかる？　おれたちでさえ知ってるんだ。女（おんな）は用心するだろう」

ちょい悪ちょい悪と僕は繰（く）り返した。

「おれたちじゃ物足りないんだよ」

「そうかなあ」

「おまえはモテるからわからないの」

僕は攻撃に出た。一八七センチで全国大会二位をもぎ取った男子。顔もそこそこだ——県下の女の子にとっちゃ、もう十分すぎる。本神に渡してと押しつけられたラブレターは、大会からこの方、四ヶ月で二十三通を記録し、たぶん、更新するだろう。最後の一通をもらったのは、

「ほら。今朝——廊下（ろうか）で預（あず）かった」

本神は表も裏も何も書いていない封筒を眺（なが）めて、誰だ？　と訊いた。

「読みゃわかるさ。おまえが封も切らずに捨てるとわかれば、みんな名前を書いてくるだろうにな」

本神がそんなふうに扱ってたところは見ていないが、そう口にした以上、実行しているに違いないと僕は思っていた。もったいない、とは思わなかったが、嫉妬めいた感情を抱くことはたまにある。生まれてこの方、僕は本命の女の子からアプローチされた例がない。胸ときめかす相手から以外なら、一度ある。中学二年のときにショート・カットにしたお菓子屋の娘だった。いつもあなたが見ているから、と言って娘は照れ臭そうに笑った。彼女の隣りの席はお茶屋のひとり娘で、髪は膝まであった。そして、僕は長い髪を見るのが好きだったのだ。アプローチしてきた娘は、半年後、「勘違いだったのね」と言い残して去っていった。

新川幸恵からも来るかもしれない——そう口をつきそうになったが、やめた。理由はわからないということにしておこう。

その晩、僕は新川幸恵の夢を見たいと思った。彼女を困らせる不良どもをぶちのめしてやるのだ。もちろん、夢も見ずに眠ってしまった。

声ひとつかけられなくても、そのまま離れていってしまっても、胸が熱くなるのは変わらないし、僕はずっとそれで満足してきた。

この辺の事情は母親に指摘されたことがある。それでも僕は変わらなかった。

だから一時限目が終わってトイレへ行き、戻る途中で、新川幸恵に廊下ですれ違ったときは驚く前に混乱してしまった。

五、六メートル先に彼女を見つけた途端(とたん)に、僕の胸は重くなった。これは正直、イヤな感じだ。すれ違うまでの間、周りの人間すべてに非難されている気分といえばわかってもらえるだろうか。

正面から近づく。その顔を見る。それだけで、僕は傷ついてしまう。ときめく胸という奴は、抑えてはならないのだ。これから二年近く、新川幸恵と会うたびに傷ついていくと、僕はひどい臆病者(おくびょうもの)になって卒業の日を迎(むか)えることになる。

だが、廊下の端からやって来て、曲がり角も落とし穴もなければ、すれ違わざるを得ない。

僕は自己嫌悪(けんお)に苛(さいな)まれながら、真正面を向いて歩きつづけた。

新川幸恵も僕を見はしなかった。当然だ。彼女の視界から消えれば、僕は莫迦らしい安堵(あんど)に身を委(ゆだ)ねられる。

新川幸恵が左脇を通りすぎた。

「明日、市営球場の前へ来て。お昼」

こう聞こえたのは――つまり、脳が意識したのは、僕が曲がり角に到着したときで、ふり向くと反対側の角を曲がるスカートの裾が眼の中で閃いた。明日は土曜だ。

廊下には他に何人かいたが、彼らに確かめるわけにもいかない。

クラスへ戻り、席に着いてから、熱い塊が胸の中で成長していった。それを抑えるには、大きく息を吐くしかなかった。胸がひどく痛んだが、これは新川幸恵のせいではなく、物理的な肺への負担によるものだと思う。


二時限目の授業のあいだ、新川幸恵のほうへは一度も向かなかった。そうなると奇妙なもので、他の男どもが彼女のほうをちらちらやっているのがよくわかった。

本神は僕の後方斜め右の席だから確認はできないが、同じ穴の狢に違いない。

いきなり名前を呼ばれた。

「はい」

「おまえ、さっきから、何にやにやしてるんだ?」

と数学の教師は、いかにも数学教師らしい細い眼を光らせて僕をにらみつけた。

「ニヤリストか?」

「いえ」

僕は教科書に眼を戻し、糾弾(きゅうだん)の時間(とき)が過ぎ去るのを待った。

「どうもこのクラス——昨日から浮き足立ってるな」

教師は正しい指摘の後、数学と方程式に戻った。

僕は右横を、新川幸恵の席を見た。心臓が止まらなかったのが不思議だと今でも思う。

新川幸恵と眼が合った。

その表情を、好き嫌いを超えたひたむきなものだと見抜くことはできたが、ひたむき以上の何かだと理解することはできなかった。

僕は自分でも冷静なほうだと思っている。中学三年の弟は、いつもシラけていると言う。自分を知ってるからだと言い返すと、まるで爺(じじ)いじゃんとくる。

老人は、たとえば六十年もの歳月を隔(へだ)てた娘が、自分に会いたいと言ったら、厄介(やっかい)な頼み事くらいにしか思うまい。僕もそうだ。昨日はじめて顔をみた美少女から、具体的な場所と時間を土産に声をかけられるなんて世界いちラッキーだ。そんなはずはない、と僕は考える。これは何かの陰謀だ、夢みたいだと言い聞かせる。夢なら醒めれば少しは快い。夢みたいな話となると、まずロクでもないしっぺ返しが控えているものだ。

土曜は上天気だった。僕はバスで市営球場へ行った。風があったので、母にセーターを出してくれと頼んだら、だらしがない、これくらいの風でと吐き捨て、ウールのシャツを引っ張り出してきた。あたたかいが肌を刺す。何をしていても気になってしょうがない。上にはジャケットを着た。よく似合うとは思えない。母にまかせたら、ひとつ上のサイズを買ってきてしまったのだ。目撃した本神は、ジャケットが歩いていたと笑った。

新川幸恵もそう思うだろう。僕はブルゾンよりはましだと決めた。男は見てくれじゃねえだろう、本神。

新川幸恵は、どんな服装で来るだろうかと僕は考えた。想像もつかなかった。自分の上衣がだぶついている男が、女の子の服装などわかるはずがない。

バスを降りると、球場までは百メートルもない。ついでに何もない。球場をここへ建てた市役所の職員は、野球に興味がなかったのだと、三十年も前からの噂だ。

僕はそれより、「市営球場前」のバス停をここに決めた奴を糾弾すべきだと思う。道路は真っすぐ球場の前を通るのだ。百メートルも手前に作る意味はどこにある。

球場へと歩く背後で、列車の警笛が高く噴き上がった。道路は線路を渡る。

球場の正面に立つ新川幸恵は、白いブラウスに青い膝丈のスカートを着けていた。ニットのカーディガンも白く、よく似合うとしか思えなかった。もっとも、他の服を身につけていても、そう思ったに違いない。

五、六メートル手前で、僕はよおと片手を上げた。やっとの思いだった。バス停から正門まではひと目で見通せる。廊下のとき以上に、気詰まりな道行きだった。

僕が足を止める前に、新川幸恵は自分から歩き出し、

「ごめんなさい。こんなところへ」

と言った。

はじめて聞く、僕用の声だった。

「別に――いいけど」

と僕は答えた。難しいのは次の言葉だった。思ったよりも簡単に出た。

「それ、寒くないの？」

白いニットのカーディガンは、晴天の下では絵のようだが、秋の風には気休めにしかな

らないように見えた。

「大丈夫」

と新川幸恵は笑った。歯が白くかがやいた。学校で見るのとここで見るのとでは、エナメル質さえ大違いだ。

「意外とあたたかいの。青山君もあったかそうね」

「これかい」

僕はジャケットの袖をつまんで引いた。

「操り人形みたいだろ。ちょっと大きい」

「よく似合うわ」

どうもどうも、と僕は礼を言った。

いつの間にか、気詰まりは溶けていた。新川幸恵の眼差しのせいだった。どう見ても、あなたに会えて嬉しいと言っている。隠れた黒幕どももいないようだった。

だから、僕は言った。

「モネの絵に似てるね」

美術の授業を受けた女の子なら知っているはずだ。

鼻すじが絵のように通った顔が、ふっと過去へと遠ざかる。小鼻は慎ましく小さい。

「そう――かな」

「日傘(ひがさ)が足りないけどね」

僕は傘をさす一九世紀のフランス人女性の真似(まね)をしてみせた。もちろん、傘をさしただけだ。

「『散歩』？　それとも『日傘の女』？」

これで安心した。いける。

印象派を代表するモネには日傘をさす女性を、まったく同じ構図で描いた絵が二作ある。一八七五年の「散歩」は当時の妻カミーユがモデルだが、それから十年後の「日傘の女」は、当時の恋人だったアリス・オシュデが同じポーズをとっている。

「カミーユのことが忘れられなくて、同じ構図の絵を描いたっていうけど、アリスはいい面(つら)の皮だよね。死んだ奥さんの代わりにさせられて」

「いいんじゃないの――結婚してたんだし」

こう言った新川幸恵の顔からは笑いが消えていた。何かが気に入らなかったのだろうが、僕は放っておいた。

少なくとも怒っているんじゃないことは、

「こんなところへ呼び出してごめんね」

繰り返した口調からわかった。

「確かに珍しい場所だよね。デートには」

「理由があるの」

「へえ」

心臓が高鳴るというのは本当だと思いながら、僕は新川幸恵を見つめた。そんな眼で見ないでくれよ。眼を逸らさなくちゃならないだろ。

「ここ電車から見えるのよ」

青い空の下で、転校生は額にかかる髪をかき上げた。

僕はバスがやって来た方角を向いた。

踏切はバス停から二十メートルも離れていない。もしかしたら、新川幸恵は何度かここに立ったことがあり、電車の客たちは、白いカーディガンと青いスカートの娘を車窓から眺めたのだろうか。だが、事実は少し違っていた。

「私、何度もあの線でY市に通っていたの。いちばんの愉しみは、電車の窓から、この球場を見ることだった」

空は晴れ渡り、新川幸恵の髪を風がなびかせた。秋の風だった。なのに、僕はやはり日傘が欲しいと思った。

モネの絵のモデルのように。

こんなときは特別な台詞が必要だと思う。しかし、僕は平凡な声を聞いた。

「そうかい」

「この道、どこにつづいているかわかる?」

と新川幸恵は足下を指さした。僕らは舗装路の上に立ち、道の一方の端は僕の家があるF市内に、反対側は——

「わからない」

と僕は答えた。たぶん、国土地理院の地図製作者しかわからないだろう。

「よかった」

新川幸恵に微笑が戻った。

「あの踏切を通るたびに、私、この道がどこまでつづくか気になって仕方がなかったの。古い球場があって、その向こうに知らない町がある。そう思うと、いつも堪らなくなるのよ」

「どうして?」

強い口調で訊いてみた。少女趣味が嫌いになったわけではない。新川幸恵の表情は、感傷や哀しさを超えて悲痛でさえあった。

「わからない」

白い貌が小さく横にふられた。

「道の向こうに行きたいのかどうかもわからない。気になるだけなのよ」

「他にいい眺めはいくらもあるだろ。この線、結構有名なローカル線だよ」

自分のアンテナに何も触れない話題から、僕は逃げ出そうとしていた。

「そうね」

新川幸恵は、道の向こうへ眼をやった。

「でさ——なんで、おれを呼んだの?」

もっとも肝心な謎解きに、僕は取りかかった。

「青山君、よくここへ来るの?」

「とんでもない」

僕は即座に反応した。誰がこんなところへと強調もしてしまった。野球しかできない場所だ。

「じゃあ、タイミングがよかったんだ。四日前——来てなかった?」

数えるのが面倒だったので、四日前かどうかは不明だが、ここへ来たのは確かだった。

「スケッチしてたでしょ。あの塀に寄りかかって」

「そうだった、な。こっちから踏切のほうを描いてたんだ。列車が通ると結構さまになると思ったんだけど、あまりぱっとしなかった。君には気がつかなかったよ」

「私はあなたがよく見えたわ。私が魅かれた風景には、いつも人がいなかったの」

「ねえ、おれがここで絵を描いてるのを見たから、おれを呼んだのかい？」

僕は少し呆れて訊いた。いくら美人でも、そろそろ鼻についてきた。

新川幸恵は、はっきりと哀しそうな眼で僕を見た。

「そう。ごめんね」

「いいけどさ――それって、絵のモデルと同じじゃないか。日傘をさすカミーユだろ」

「そうかなあ」

「そうだよ」

僕は断言した。それから、震えた。風が冷たさを増したようだ。

「乙女の感傷はもういいから、映画でも行かないか？　イーモウの新作が中劇に来てる」

「いいわよ」

新川幸恵はうなずいた。さっぱりした表情だった。僕にはさっぱり意味が呑み込めていなかった。

「おまえ、新川とデートしたんだってな」

月曜の朝、本神に言われたときは、頭を抱えたくなった。誰に訊いたと尋ねた。返ってきた答えは、隣りのクラスの担任──小日向が目撃した、であった。

「教師が教え子のデートをバラすのかよ」

「おれとおまえが仲のいいのを知ってて、教えてくれただけかもしれん。でも面白がってたぞ」

この後で、本神はその担任に、日曜の晩、英語を習っていると打ち明けた。

「おまえが誘うわけねえから、新川のほうからか。あいつ結構、積極的だな」

「そうかい」

僕はこういう場合の常套手段──無関心を装った。

「上手くいったのか？」

「何がだよ？」

「デートだよ」

「『トキオ珈琲』でカフェオレを飲んだろ、『麻木デパート』のスペイン・レストランでパエリアと牛肉の赤ワイン煮を頼んだ。新川はマドリード風オムライスとハーブ・サラダを注文した。半分残したな。ボデゴンって静物画の意味だと知ってるか？『沖ビデオ・アンド・ミュージック』でCDを二枚買った。おれは『ニューヨーカーのJAZZ』で、新川は『マタイ受難曲』だ」

「キョーヨーの差が知れるな」

「まだあるぞ」

僕は復讐に燃えた。

「夕食の前に映画を観た。チャン・イーモウの新作だ。タイトルは長すぎて忘れた。一時間くらいで少しダレたときに、手を握っちゃったよ」

「ホントか」

本神の声が急に落ちた。ヤバいかな。こういうことは尾を引くのだ。そのくせ、もう後へは退けなかった。

「ああ」

よせよと自分に注意しながら、僕は本神にとどめを刺してしまった。しかも、本神の奴が、

「おまえ、嘘だろ？」

さらに深く傷をえぐりたがるのだ。

「ああ、嘘だよ」

と僕はわざと軽く言った。嘘だ、嘘だ。

「デートしてみて、わかった。気が合わないんだ。友だち止まりだな」

二度目のホントかには喜びが詰まっていた。

本神は、真剣に新川幸恵を想っていたのだった。

勘弁してくれ。リアルは高校生の敵だろうが。

僕と新川幸恵の、球場とその前の道にはじまるデートは、幸い他の連中には知られず終いだった。

新川幸恵は、あまりクラスの連中と打ちとけたとは言えなかった。大概はひとりで席にいた。こちらから話しかけることは滅多になかったけれど、時折り、意を決したらしい男子や、一緒に週番になった女子が声をかけると気軽に相手をした。僕は美人はお高いという説の信奉者だが、新川幸恵は例外のひとりだった。それだけに笑い声は透きとおって僕の鼓膜をゆらし、笑い顔は僕を明るくした。雨の日だと、すぐに晴れるような気になったものだ。そして、新川幸恵は時折り僕を見た。たいていの場合は、僕のほうが先に横顔を眺めていて、黒い瞳がこちらを向くと、あわてて眼を逸らすのだが、ごくたまに、白い貌がひっそりと僕を見つめているのに気がつくのだった。

それで満足かと訊かれれば、ＹＥＳと答える。少なくとも、僕が胸ときめかせている女の子も僕のことが好きなのだ。理由はこの際考えないことにしよう。必要なのは原因ではなく結果だ。

僕にとって、対人関係というのは、あまり進展しないものらしい。僕はそれからひと月以上も新川幸恵とデートしなかった。家にこもってスケッチに励んだ。肖像画を描きたかったのに、僕がいつも愛情を疑っている両親はどちらも忙しいと拒んだ。弟にいたっては、

「モデル料をくれとは言わないが、将来性ゼロの絵描きなんかにかかずらわっちゃいられないよ」

と舌を出す有様だった。

本神との付き合いも同じだった。僕らは本神の練習がない日に必ず一緒に下校し、あってもなくても一緒に登校した。

本神が新川幸恵に胸の想いを打ち明けたのかどうか、多大な興味はあったのだが、本神の普通ぶりが、質問を許さなかった。ひと月近く、僕たちの間では彼女の名前が行き来す

ることはなく、秋は深まって、新川幸恵は何人かの友人をつくり、僕のスケッチは花や果物で埋まった。

空気が白く染まったと新聞にも書かれた寒い日の放課後、別のクラスの二年生が僕を呼びに来た。

そいつが不良グループのひとりで、高校でももて余し気味の三年生の子分だというのは、誰でも知っていた。

ただ、用件がわかったのは僕だけだったろう。

清掃が終わってから、図書館の裏へ行った。

むかし応援団が使っていたという空き地に、その三年生が待っていた。

何度か見かけたことがあるが、そのときの印象よりずっと大きく、凶暴そうに見えた。

格闘技の試合でよく見かける顎の四角い顔を傾け、下から僕を見上げている。他に仲間がいないのは、ひとりで好きなことをするつもりなのだろうかと、僕は足が重くなった。

「何ですか?」

と訊いた。声も普通じゃない。情けないと思う余裕もなかった。

「青山か？」

映画やＴＶのやくざがするような言い方じゃなかったが、脅(おど)しは入っていた。口から吐く息が白い。ゴジラのようだ。

「そうだけど」

彼は近づいてきた。眼の前まで来て、僕の左肩に手を乗せた。笑顔になった。

「三年の大槻(おおつき)だ。知ってるか？」

「ええ。何度か見てます」

大槻は空を仰(あお)いで、

「そうか。ま、長い話じゃねえ。早いとこ片づけちまおうや」

と言ってから、僕を見つめ、また空へ戻した。

「おまえ——新川と同じクラスだろ？　デートしたんだってな？」

「ええ」

僕は足下を見た。黒土の地面が広がっている。それは職員室にも通じているはずだった。だけど、どうにもならない。

「——で、それが？」

顔を上げて、僕は訊いた。早く切り上げたかった。

「おれも、あの子気に入ってるんだ。付き合おうかと思ってる。それで、早いところ、さばさばしときたいんだよ」

「はあ」

肩に乗せた手を少し持ち上げ、大槻は軽く打ち下ろした。何回かそうやって、

「やめろよ」

と言った。横を向いている。こういうタイプでも、女の子の話となると気後れするのかと面白かった。

「どうして？」

僕は大槻を真っすぐに見た。

「わかるだろ？」

「それは——でも、僕は新川と付き合ってるんじゃない。大槻さんと同じです。付き合いたければ、そう言ってみたら？」

大槻は下顎を突き出して、空いたほうの手でこすった。

「——もう言ってみたよ。そしたら、おまえの名前が出てきた。さっき、付き合ってるのかって訊いたよな？」

「いえ、デートしたのか、でした」

「デートも付き合ってるのと同じだよ」

「あの子、そう言ったんですか？」

「まあな」

「嘘ですよ。一度会ったきりです」

大槻は口をつぐみ、さらに顔を傾けた。空がある。何となく気持ちがわかった。

「ただの友だちだってか？」

「――そうなりますよね」

「向こうはそう思ってないようだぜ」

「そうですか。でも、それきり話したこともないし」

「一回もか？」

大槻の声がひそまった。ぞっとした。

「そう」

「なら、どうしておまえと付き合ってるって言った？」

「それは――向こうの勝手な思いこみでしょう」

僕は自分が嫌になりかかっていた。これが男女交際における僕の処世術だった。自分からアプローチはしない。向こうから来るのを待つ。男はそういうものだと自分に嘘をついていた。そうすれば、傷つかずにすむ。トラブったら、付き合ってくれと言ったのは、君のほうだと言えばすむ。

大槻の手は僕の肩を離れて上衣のポケットへ入った。いきなり拳に化けて、僕の顎へ飛びかかってきたら、と思い、緊張した。

「本当だな?」

「ええ」

「――行っていいぜ」

急に身体が楽になった。

「じゃあ」

挨拶なんかするな。

教室に戻ると、もう

「なんだよ、もう」

僕はこうつぶやくしかなかった。午後の光がゆるく漂う教室には、新川幸恵だけが席に着いていた。

よぉと言ったと思う。

新川幸恵のほうを見ずに机へ近づき、乗せてある鞄を取るのは簡単にできた。

「また、会えないかなあ」

という声は、背中が聞いた。正直に言うと、準備はできていた。「今度は日傘さして来なよ」——とても口にする気にはなれなかった。僕は黙って外へ出た。

よく待ち人に会う日だった。

校舎の玄関口で待っていた本神に、僕はよぉとも言わなかった。

「大槻に呼び出されたらしいな——何て言われた？」

「何でも」

「おれが話をつけてやろうか？」

本神は結構、友情に厚いし、喧嘩も強い。

「何でもないって。変なこと考えるなよ」

僕たちは校舎を出た。後ろが気になった。これで終わりなら、それでもいいと思っていた。どっちにしろ、新川幸恵に好きだと言うこともできない。それどころか、手も握れない男子なんだ、僕は。食事して映画を観て、買い物に付き合ってお茶を飲んで別れる——みな、このプロセスの中で、恋人か友だちに分かれる。

僕はずっと友だちで通してきた。中学のときのお菓子屋の娘のように。母は「その気もないのに恋愛ごっこなんかするんじゃないの。ごっこでも、みんな傷つくわよ」と僕に言った。高校を卒業するまで僕はずっとこうだろう。

本神に誘われ、僕はバスを仲町で下りた。市内随一の繁華街だ。

「ROUTE73」に入った。僕が見つけた店だ。ロックもジャズもクラシックも選ばないイージー・リスニングだけの選曲が気に入っていた。喫茶店で耳から興奮したくはない。僕はその店で何枚もスケッチを仕上げていた。

注文したホットとカフェオレが来るまで石になっていた本神は、ウェイトレスがいなくなるや、こう切り出した。

「教室に新川がいただろ?」

「いたな」

沈黙が下りてきた。おまえらつるんでたのかと僕はいらだたしく考えた。僕のほうからしゃべらないと決めた。

「新川――何も言わなかったのか?」

と本神が言い出すまで、長いことかかったのかも短かったのかもわからない。

僕はカフェオレの茶色い表面を見つめながら、

「別に」

と言った。

「何してんだか。おれは鞄取ってすぐ帰ってきたよ」

「そうか――おれ、付き合ってくれと言ったんだ」

ああ、もう。こんなときに、いちばん似合わねえ話を切り出すなよ。

僕は、軽く吹き出し、

「それはそれは」

と返した。

「よかったな――オーケイだろ。おめでとう」

「きっぱり断わられた」

「あー？」

シリアスなとき、僕はいつでも即座に冗談めかした表情をつくり、声を合わせることができる。胸の中は――よくわからなかった。

全国大会で、本神は決勝で敗(ま)けたときの顔をしていた。

「悪い。こそ泥みたいな真似をして」

「別に」

と僕は口を尖らせた。僕は一度しか新川幸恵と会っていない。好きだとも言わなかったし、新川幸恵の手がどれくらい柔らかなのか、どれくらいあたたかいのかも知らない。誰が新川幸恵に交際を申し込んだって自由だ。僕には何も言う資格はない。

「おまえと新川を見てると、新川はともかく、おまえが無視しているようだった。なら、いいかと──おれが代わりになれるとは思わなかったけど」

「嘘つけ、莫迦」

僕は怒ったふりをした。声が弾んでいる。やばい。

「おまえはおれより二十センチも背が高いし、ずっと男らしい。喧嘩も強い。体育以外の成績がみんな悪いだけだ。女は成績なんか気にしない。絶対におれより好条件だ。十分承知のうえで口説いたろ」

最後を冗談めかせたのが救いだった。

「新川、おまえにまいってるぞ。ありゃ凄い。二度とそんなことを言ったら承知しないって、目つきだった。いや、おまえに変なことしても許さないって顔してた。おれはおまえが羨ましい」

「そんなおっかない女のどこがいいんだよ。おれはあれ以後、学校で一度も口をきいてない。おまえに内緒でデートもしてないよ。こういうの何てんだ。友だちでもないだろ。

ただのクラスメートだ。おれは何とも思ってない」

「おまえ」

本神は、呆れ果てたように言った。僕だってそうするだろう。

「新川の気持ちになってやれよ。好きな男が隣りにいるのに、ロクに口もきいてくれない。わざと無視されてる。いくら気の強い女でも、結構きついと思うぞ」

「その気がないんだから、しょうがねえだろう」

できるだけリアルに言ったつもりだ。

「嘘つけ」

やっぱり来たか。本神との付き合いは長すぎた。幼稚園以来だ。しかし、こんなときに、いちばん効果的にかまさなくてもいいんじゃないか、マイ・フレンド。

「何が、嘘だ？」

僕はなおも頑張（がんば）った。他人（ひと）に見透かされるほど鬱陶（うっとう）しいものはない。自分のいちばん嫌なところをだ。

「付き合ってやれよ。あの子は、おれにおかしなことを言われた後でおまえを待っていた。どんな気持ちだかわかるだろ。それでも男か、おまえ」

「うるさいよ」

僕は小さく言って、カフェオレを口に運んだ。ひと口飲んでから、

「そうさせてるのは、おまえじゃないか」

いきなり、眼の前に本神の顔が広がった。苦しい。胸ぐらを摑まれたのもはじめてなら、こいつの顔をこんなにも近くで見られるほど引き寄せられたのも、はじめてだった。

何の考えもまとまらないうちに、本神は、

「この莫迦」

と吐き出した。本気でそう思っていた。応答できないうちに、僕は元の位置に突き飛ばされていた。

本神は席を立った。コーヒーに口をつけていないからといって、勘定書きを置き去りにしたのは問題だが、しょうがないだろう。

勘定を払うとき、受付の娘は上目遣いに僕を見てうす笑いをこらえていた。

しばらく——一週間くらい——のあいだ、本神は僕と口をきかなかった。これだけが変化と言えた。
大槻からは二度と呼び出しがかからなかったし、新川幸恵も、二度と自分から僕に話し

かけては来なかった。違うのは、眼が合ったとき逸らすことだけだ。人生は映画や漫画とは違う。

秋も中折れ地点に差しかかった頃、僕はひどい風邪をひいて二週間も休む羽目になった。

新川幸恵が見舞いに来る夢を一度見た。

何とか登校した日、入れ替わりのように新川幸恵が休んだ。

「おまえが休んでる間、ずっと具合が悪そうだった」

と本神が教えてくれた。大槻から呼び出しがかかったのは、それから四日後で、新川幸恵の席は空いたままだった。

風邪なんかじゃねえぞ、と大槻は、例の空き地で言った。奇妙な話だが、普通の生徒に見えた。

彼の家はこの市で一、二の規模を誇る総合病院だった。院長の父から出入りは禁止されていたが、小遣いをせびりに出かけた。

そこで新川幸恵を目撃したと、大槻は疲れたような声で言った。彼女はその日、診察の結果を訊きに来たのだった。

そのとき付き添った看護婦に頼んで大槻は結果を横流ししてもらったのだ。

その病名は、長いこと僕の頭の中で鳴っていた。今でもだ。

何とかしてやれよ、と大槻はいらだたしそうに繰り返した。

そうだよ、と後ろで声がした。本神が校舎の角から姿を現わすところだった。僕が呼び出されるのを見ていて助けに来たんだろう。

だが、目的は姿を変えていた。

おれたちじゃどうしようもないんだ、と二人は言った。

新川幸恵の胸の中にはおまえしかいない。友だちでも何でもいいから見舞いに行ってやれ。おれたちや他の連中が百万遍（ひゃくまんべん）行くより、おまえが一回顔をみせてやるほうが、あの子のためになるんだ。

僕にもそれはわかっていた。

付き合うというのは、二人で生きようということだ。本神も大槻も本気で新川幸恵と生きるつもりだった。だが、新川幸恵が望んだのは、僕とだったのだ。

家に帰っても、僕の耳には札（フダ）つきの不良の声が、叫びのように木霊（こだま）して消えなかった。

一年以上前に、彼は新川幸恵を病院で見かけたことがあった。病名を教えた看護婦は、二年も前から通院しているとつけ加えた。病名は知っていただろう。隠しておける症状ではなかったし、その頃は現在の状態になるとは限らなかったのだ。

新川幸恵にとって、通院は生命のための旅だった。

なぜ、あの踏切から見た球場とその前の道が新川幸恵の眼に灼きついたのかはわからない。あの道をどこまでも行けば、病気など誰も知らない町へ辿り着けたのだろうか。

死を抱いた娘の胸に、平凡な球場とその前の道は、あまりにも痛切な現実に別れを告げる場所に映ったのか。そこに僕がいた——恋と呼んでいいものか。

翌日、僕は病院へ出かけた。寒い日だった。縁起を担ぐほうじゃないが、何もこんな日に限ってと思う。出かける前に、モネの画集を開いた。日傘の女は、今日もそこにいた。傘の下の顔はカミーユでもアリス・オシュデでもなかった。

長い廊下の左右にドアが並んでいる。そのどれかをノックすると、あたたかそうなピンクのセーターを着た女の人が顔を出した。

数秒後、その人はどこかにいなくなり、僕は椅子にかけて、ベッドから上体を起こした新川幸恵と向かい合っていた。

「遅くなってごめん」

と僕はうなずいてみせた。クラスの女子がまとめて見舞いに行ったのは聞いていた。新川幸恵は頬の線が少し細くなっただけで、特にやつれたとは思えなかった。

「ううん、来てくれると思ってた。私もまだ大丈夫だし」

「おいおい、変なこと言うなよ」

冗談めかして応じた。耐えきれない言葉には、こう応じるしかない。

「ごめんね」

と新川幸恵は、ちっとも悪いと思っていないふうに微笑した。澄んだ笑いというのはこれだ。頼むから、もっと怨んでくれよ。そんな眼で見て、そんな声を出してくれよ。

「青山君がデートしてくれないから、私、交際を申し込まれちゃったよ。君が思ってるより、ずっともてるんだから」

「そいつら、地獄へ落ちるよ」

次の瞬間、僕は血が凍った。そして、逆効果があると思いこもうとした。新川幸恵は声をあげて笑った。

「そうだね。青山君を差し置いてそんなことするからだよね。ねえ、私じきに退院できるの。そうしたら会ってくれる?」

僕はうなずいた。大事なことは声に出せないものだ。

もちろんさ、新川さん。僕はそれを言いたくて来たんだよ。

「嬉しいな。約束だよ」

「ああ」

「また、あの球場の前でいい？」

僕は少し驚き、それからあそこしかないと思った。新川幸恵は、球場の前の道に立つ僕に恋をしたのだ。その生命をもう一度かがやかせる道の向こうの町。僕がそこへ連れていってくれるように。少なくともその町の住人のように見えたのだろうか。

「いいけど、寒いぜ、もう」

「少しくらい我慢してよ。男の子でしょ、君」

「痩せてるけど、まあ、な」

「よかった」

新川幸恵は、毛布を胸前まで引き上げて眼を閉じた。それから得意そうに、

「六人も断わるの、けっこう大変なんだよ」

僕は眼を丸くしたはずだ。

「六人？」

「そうだよ、六人。一年がひとりと三年が二人。あとの三人のうち二人が同級生」

「誰だよ、そいつは？」

「ないしょ」

新川幸恵はくすくす笑った。こんなにも笑顔をふりまける娘だったのだ。

「どうして隠すんだ？」

「喧嘩にでもなったら、君、弱そうだもの」

「はっきり言うな。ま、そうだけど。——もうひとりは誰だい？」

「誰だと思う？」

この悪戯っぽい笑顔。

「もったいぶるなよ。別のクラスの奴だろ？」

顔が横にふられた。

「じゃ——誰だよ？」

「先生」

僕はなにィ？　と叫んだ。とんでもない世の中だった。僕がただの友だちだとカッコつけてる間に、こんなにも正直な連中が新川幸恵に群がっていたのだ。

そのトップの素姓について、新川幸恵は明らかにしなかった。彼女とのデートを本神に洩らしたのも教師だった。この瞬間から、僕が教師に対して不信感を抱くどころじゃなく、一切信用しなくなったのも、無理はないだろう。

「少し気にしてくれる?」

僕の驚きが去ってから、新川幸恵はこう訊いた。

「あたりまえだろ」

気にしてた? そうさ、ずうっと気にしっぱなしだったんだ。君がはじめて、教壇の上に立ったときから、ずっと。

「やった。じゃ、これからもみんな断わっていいよね?」

「おお」

「青山君と付き合ってるからって、言っていい?」

「君、もうみんなに言ってるだろ」

「そうか」

「ったく」

僕は肩をすくめて見せた。

「今度はどこで会おうか?」

一応、訊いてみた。答えはわかっていた。

「また、あの球場でいい?」

他に僕たちの場所はないのだった。

「もちろんさ。日傘をさして来なよ」

新川幸恵は、うんと答えた。眼に涙が光っていた。

「今度はあの道の向こうへ行ってみようか？」

と僕は言ってみた。

そうだね、と新川幸恵は答えた。

連れてって。

明るい声だった。無理をしているような気がした。

大事な会話はこれで終わりだった。いつ頃退院できるのかを新川幸恵は言わなかったし、僕も訊かなかった。デートの約束をし場所も決めた——けど、日にちはわからない。

これってきついよな。

クラスのこととか当たり障（さわ）りのない話をしているうちに、新川幸恵の母さんが戻ってきた。次は僕が出て行く番だった。

僕たちが別れたのは、きっかり一週間後だった。

TVドラマのように、新川幸恵の容態が急変した——んじゃない。担任がいうには、二日前、もっと大きくて設備が整った大都市の病院へ移ったのだった。それは、あの道の向こうにあるのだろうかと僕は考えた。大都市がどっちにあるのか知らないのだから、そこだっていいわけだ。彼女は自分でそこへ行ってしまった。行けなかった。クラスへの挨拶は、元気になったらまた会おうね、だった。

僕はしばらくの間、手紙かメールを待っていたが、やがてあきらめた。自分の部屋で、気障(きざ)に聞こえないように、これが人生さと言って決着(けり)をつけた。冬のさなかで、モネの画集は本棚に眠っていた。

病院での告白を聞いた本神は、その教師を見つけて半殺しにすると息まいていたが、正体不明のままバスケ部の主将になり、全国大会はベスト8にも残れず、学力だけで大学に進んだ。

大槻は他校の不良と流血騒動を巻き起こし、退学処分になった。新川幸恵がいなくなってから二週間とたっていなかった。

実家も勘当(かんどう)され、関西のほうの組に入ったという。

僕が選んだ道は地方大学の文学部だった。自分の出来は誰よりもわかっている。分相応(ぶんそうおう)が平穏(へいおん)な未来への最短距離だという信念は揺らいでいなかった。

ひとつだけ記しておきたいことがある。

四年間、僕は毎日あの電車で大学へ通った。必ずあの踏切を通る。

二年目の秋、窓際にかけた僕の前の席には小学生になりたてくらいの男の子がすわっていた。僕は参考書に読みふけっていて、電車がどこを通っているのかもわからなかった。

「ねえ、ママ」

と男の子が言うのが聞こえた。

「踏切のところにきれいな女の人がいたよ。傘さして」

「日傘よ」

僕の隣りの母親が答えたとき、僕はもう窓の外を向いていたが、電車はすでにカーブにさしかかっていた。

ネコ・ノ・デコ

山本幸久

山本幸久（やまもと・ゆきひさ）
１９６６年東京都出身。中央大学文学部史学科卒業後、内装会社勤務を経て漫画雑誌編集プロダクション勤務。『笑う招き猫』（「アカコとヒトミと」を改題）で、第16回小説すばる新人賞を受賞しデビュー。軽妙な文体と人情味あふれる物語で熱い支持を得る。著書に『はなうた日和（びより）』『凸凹（でこぼこ）デイズ』、近著に『渋谷に里帰り』『カイシャデイズ』などがある。

　真弓子はショーウィンドウの内側から、空を見上げていた。

　雲が多くなってきている。これから雨かもしれない。視線を下げると、オレンジ色のエプロンをかけた男が目に入った。

　なぜエプロンを？　しかもオレンジ色って？

　彼は斜め前のスープカレー屋の前にいた。真弓子と同じように空を見上げている。

「店長、これなんですかぁ？」

　レジの中から生嶋さやかが訊ねてきた。真弓子は中腰のまま振り返った。さやかの手には、ロダンの考える人が握られていた。

「考える人でしょ」

「美術が2だったあたしだってそれぐらい知ってますよ」

　さやかが唇をとがらせた。まだ二十歳だ、そういう仕草をしても愛らしかった。

わたしも二年前まではよくやってたな。でも錦糸町のお店の中でだけ。プライベートでする機会はなかった。

もう一度、真弓子は外を見た。エプロンの男と目があってしまった。黒縁の眼鏡をかけている。歳は真弓子よりもずっと若い。たぶんさやかと同い年ぐらいではないか。ぺこりとお辞儀をしてくるので、真弓子もやむなく会釈した。すると彼はスープカレーの店へ入っていった。

ああ、そうか。あそこの店員か。

真弓子は作業に戻った。ショーウインドウのディスプレイをしていたのだ。飾っているのは昨日、届いたイギリスのおもちゃだ。木製の車で、形がさまざまなうえに、色もカラフルで見栄えがした。値段をまだつけていないが、人目をひくと考え、ショーウインドウに置くことにしたのである。

「だれか外にいるんですか？」

レジからさやかがやってきた。真弓子のとなりに立ったときは、もうエプロンの男の姿はなかった。

「雨、降りそうだなあと思って」

真弓子の答えになっていない返事を、さやかは気にしなかった。そして「これ」と高さ二十センチ足らずの考える人を真弓子に差しだし、「ただのオブジェですか。それとも他に使い道あるんですかね?」と訊ねてきた。「左右対称で一個ずつあるんですけども」

「左右対称?」

「右手で顎ささえているのと、左手で顎ささえてるの、一個ずつ」

そんなのわたしはどこで仕入れてきたのだろう。ロダンであればフランスか。まさか箱根ではあるまい。まがりなりにもここは輸入雑貨の店だ。

「札になんて書いときますぅ?」

「プチ考える人」

「いくらにします?」

「三千円税別」ふたつあわせてね、と付け加えようとした途端、お腹はぐぅぅと鳴った。朝食を摂っていないせいだ。

「やだぁ、店長」

さやかは笑った。駅の向こう側にある農大でバイオテクノロジーだかの研究をしている女の子で、この店唯一のバイトだ。白いロングシャツに膝丈のスカートの彼女は、店長の真弓子よりも、ずっと店のイメージにあっている。

真弓子はスウェットパーカーにスパッツだ。夜中に近所のコンビニへいくんじゃあるまいし、これはまずかった。輸入雑貨の店にはふさわしくない。このところ雨の日がつづいたせいで、満足に洗濯ができなかったのだ。

下着だけはたくさんあるんだけどな。

「あなた、さっきどこで食べてきたの？」

さやかにはすでに十二時から一時間、休憩をとってもらっていた。

「斜め前のスープカレー専門店です」

「あそこ？」真弓子はショーウィンドウ越しに、その店を見た。「まだやってるかな」

「昼は三時までって書いてありました」

「どうしよっかなあ」と言いながら、真弓子は背伸びをした。中腰で作業していたので、関節がばきばきと音をたてた。さやかが笑いをかみ殺しているのがわかる。

「値段は？」

「今日のランチっていうのが八百五十円でした」このあたりであれば安いほうだが、真弓子にしてみればやや贅沢（ぜいたく）な価格である。

「ボンジュール野火止（のびどめ）さんがいらっしゃるの、二時でしたよね。あと三十分あるからじゅうぶん間に合いますよ」

真弓子が経営する『ネコ・ノ・デコ』では、左奥の壁一面、縦二メートル、横三メートル程度のスペースに、月ごとにアーティストの作品を並べ販売もおこなった。さやかがつくってくれたこの店のホームページにはつぎのように掲載してある。

【店内の壁を作品発表および販売の場としてお貸し致します（大きさについては別図を参照のこと）。絵画、写真などの平面作品が適しておりますが、立体作品などにつきましても相談に応じます。プロアマは問いません。ただし精力的に活動なさっている作家の方々を応援するのが、『ネコ・ノ・デコ』の趣旨でありますので、趣味のサークル展などはご遠慮ください。使用期間は一ヵ月、使用料は二万円です。作品を販売する場合には、売上げの三割を手数料としていただきます。】

趣旨や使用期間、使用料、手数料などを考えたのは真弓子で、文章にしたのは、さやかだ。〈精力的に活動〉という部分がひっかかったが、よしとした。だがオープンして八ヵ月、これまで展示した作家達は、真弓子とさやかがウェブや雑誌などを手がかりに、こちらからアプローチをかけた。販売の手数料はいただいても、使用料はとらなかった。

今日くるボンジュール野火止は、本人から売り込みのはじめてのひとだ。

申し込んできたメールには、自分のホームページのアドレスも添付してあった。真弓子とさやかは早速それをのぞいてみた。ふざけた名前とは印象のちがう、かわいらしいイラストだった。プロフィールを見ると、出身地が〈フランスはパリ〉になっているのが不安だが、ここ何年かでいくつかの賞を獲っているのがわかった。その賞が本物であるかどうか、そしてボンジュール野火止が本当に受賞しているかどうかもウェブで確認をした。本当だった。本や雑誌のカットなど、プロとして仕事をこなしていることもわかった。実績が本当ならば文句はない。なにより真弓子もさやかも、ボンジュール野火止のイラストを気にいった。

何回かメールでやりとりをしたのち、ここにきてもらい、今日、展示の期間などについて相談することになったのである。

「さっさといってくるね。レジ下にわたしのバッグ、あるでしょ。そん中に財布あるから、それとって」

財布を渡すさやかがにやつきながら、こう言った。「じつは思わぬ特典があるんですよ、あの店」

「思わぬ特典?」

「いけばすぐわかりますって」

スープカレーの店には客はひとりもいなかった。奥でオレンジ色のエプロンをした男性が所在なげに立っていた。さっきお互いあいさつを交わした彼だ。さやかの言う思わぬ特典である。

「いらっしゃいませ」

黒縁の眼鏡がグッときちゃうんですよねえ。

ついさっき、店をでる前にさやかがそう言っていたのを思いだす。

いわゆるメガネ男子ってヤツです。

「さきほどはどうも」と特典クンは言った。「どうぞ、お好きな席におすわりください」

窓側のふたりがけの席に腰をおろすと、特典クンが水とメニューを持ってきてくれた。

しかし真弓子はメニューを見ずに「今日のランチをお願い」と注文した。

「今日はチキンですけどもよろしいですか」

「ええ。辛さは4辛で」

特典クンは目をしばたたかせていた。「以前にもいらしていただきました?」

「今日がはじめて」と真弓子は彼を見あげた。顎の下にまばらなヒゲがあるのがわかった。おしゃれというより剃り残しだ。

「もしかして、さやかさんにすすめられていらしたんですか」

さやかさん?

「生嶋さんのこと、知ってるの?」

「同じサークルの後輩ですよ」

「どっちが？」

「ぼくのほうが後輩です」特典クンは笑った。「ほんと4辛でいいですか？　うちのスープカレー、けっこう辛いですよ。初心者の方には2辛ぐらいをおすすめしてます」

「じゃあ、それでお願い」

なんだ、知り合いだったのか。もしかしたらカレシかも。

こちらに背をむけ、オーダーを復唱する特典クンを見つつ、真弓子は思った。

だとすれば、そりゃあ黒縁の眼鏡もグッとくるわけだよな。

真弓子は改めて店内を見回した。自分の店より広いが、飲食店にしては狭いように思う。テーブルも椅子もすべてがまだ真新しい。壁にかかった時計だけがずいぶんと年代物だ。針が一時三十五分を指し、振り子が左右に動いているところを見ると、現役なのかしら。

「鳩がでます」特典クンがこちらを見て言った。もっているナプキンからでてくるのかと思ったが、そうではなかった。彼は時計を指さしていた。「時刻がちょうどになるとでてきます」

「へえ」では鳩がでてくる前に食事を済まさなければ。

「あっ」特典クンの顔は窓の外をむいた。「降ってきちゃいましたね」

あたりが暗くなり、雨足は強くなった。まるで夕立ちだ。

「こういう雨って、昔は夏にしか降らなかった気がするなあ」

特典クンがつぶやくように言った。さやかより年下というのであれば二十歳前だろう。

そんな子が昔なんて口にするのが、真弓子にはおかしくて笑ってしまった。

「なんか、おれ、ヘンなこと言いました？」

「なんでもないわ。思いだし笑い」と言いつつ、たしかに特典クンの言う通りだなと真弓子は思った。

あのときもこんなふうに雨が降りだした。そしてまちがいなくそれは夏のことだった。

「ごめんな。米村(よねむら)の気持ち、うれしいんだけどさ」

大河原(おおがわら)は真弓子の渡した手紙の封を開こうとしなかった。

「これは受け取れないよ」

「はあ」

真弓子はうなだれたまま、気の抜けた返事をしてしまった。

ききたいことはいくらでもあった。ほかに好きなひとがいるんですか、とか、わたしのどこが気に入らないんですか、とか、そういったことだ。でも頭の中の整理がつかず黙っていた。

真弓子は大河原とのあいだに置かれた淡い水色の封筒を見た。夏休みに入る前に告白しよう。そう決意して、大河原に対する自分の気持ちを書き綴ったものだ。書いては消し書いては消し、清書が終わったのは朝の五時だった。

「ごめんな」

そんな何度もあやまらないでほしい。わたしがみじめになるばかりじゃないか。

「米村はさ、かわいいし、おれなんかよりずっといいのと付き合えるから平気だよ。そうそう。橋本がさ、米村のこと、かわいいって言ってたぜ。なんだったら、今度、デートの段取りしてやろうか?」

「いえ、あの」橋本は同じクラスの子だ。しかし真弓子は顔すら満足に思いだせなかった。「いいです。ごめんなさい」

今度は真弓子があやまってしまった。

「いいヤツだぜ。橋本。ぜったい似合いのカップルになると思う」

ふたりは商店街のいちばんはじっこ、大通りに面したケンタッキーフライドチキンの二階にいた。そこを選んだのは大河原である。

話したいことがあるの、という真弓子の言葉を、大河原は生徒会に関する相談だと思ったようだった。いつもの窓際の席に座ったあと、真弓子はすぐさま手紙をさしだした。

「やっぱぁい、雨降ってきたよぉ」

よその席で、べつの高校の子達が騒いでいるのが聞こえた。

「どうするぅ？　あたし、傘ないよぉ」

「夕立ちでしょう。待ってればやむわよぉ」

じつに騒々しく、失恋したばかりの真弓子の癇に障った。

「米村、傘持ってる？」

真弓子は相手を見ずに首を振った。

「おれの貸してやるよ」水色の封筒のうえに黒の折畳み傘が無造作に置かれた。「また二学期な」

そしてばたばたと大河原は逃げるようにでていった。しばらくして窓の外へ顔をむけると、激しい雨の中、学生鞄を頭に乗せて走っていく大河原の姿が見えた。

ほどなくスープカレーがでてきた。思いのほか具が多いのに驚いた。チキンも骨付きでずいぶんと大きい。これで八百五十円は安いかもしれない。

スプーンをもって、さあ、食べようとしたところを特典クンに「スープカレーの食べ方はおわかりですか？」と言われてしまった。

「ごはんにかけて食べるんじゃないの？」

「まずスープのみを味わっていただきたいのですが」

そんなのどうだっていいじゃないか。しかし特典クンは横に立ったまま、そこから動こうとせずに真弓子を見ていた。

やむなく真弓子はスープのみを一口啜(すす)ってみた。思った以上の辛さにむせてしまった。

「だ、だいじょうぶですか」

「げほ。うん。あ、げほ」いそいで水を飲んだ。2辛にしておいてよかった。「だいじょうぶ。ほかに食べ方で注意する点はある？」

「いえ、とくには」

「だったら、あとは好きにさせて」

特典クンはすごすごとひきさがっていった。真弓子は鳩時計に目をむけた。もう一時四十五分だ。

十五分足らずでこれを食べ切ることができるかしら。

なるべくいそいで食べたものの、一口食べるごとに一口水を飲まねばならなかった。鼻に汗をかきだしたのが自分でもわかる。スパッツのポケットからハンカチをだすと、押さえるようにして拭いた。

来客の前に化粧を直さなきゃならないじゃん。

「風もけっこう吹いてきましたよ」特典クンがおかわりの水を注ぎにやってきた。

カレーの辛さに気をとられ、外を見ていなかった。たしかに横殴りの雨だ。道をはさんだ向こう側とはいえ、外にでただけでも一瞬にして、びしょ濡れになってしまうことだろう。

困ったな。さやかに電話をして、傘をもってきてもらおうか。

「傘だったらお貸しします」真弓子の考えを読んだかのごとく、特典クンが申しでてくれた。気の利くメガネ男子だ。「雨ガッパもあります。そっちにしますか?」

「傘でいいわ」

そのとき窓の外を赤いなにかが横切った。なんだろうと確認する前に、店のドアが開き、女がひとり入ってきた。

「やだもう、びちょびちょぉ」

傘をすぼめながら、女は悲鳴をあげた。

「タオルお持ちしましょう」と特典クンが奥へ消えた。

「お願いしますぅ」

女は鼻にかかった声でそう言った。真弓子は食事の手をとめ、彼女を見てしまった。赤いキャミソールにデニムのスカート、それにミュールというでたちだ。濡れた服がからだの線をはっきりさせている。骨太の体型だった。

女のほうでも真弓子を見た。そしてこちらへ寄ってくると、当然の権利のごとくむかいの席に腰をおろした。

「お待ち合わせでしたか」

タオルをもってきた特典クンが、そう勘違いするのも仕方がない。さらに女はこう言った。

「マユちゃん、なに食べてるの?」

マユちゃん?

「今日のランチです」真弓子のかわりに特典クンが答えた。「チキンのスープカレーになります」

「あたしもおんなじの」

濡れた髪を拭く女に、特典クンが辛さの段階について説明をした。

「十段階もあんの？　マユちゃんは何辛？」

相手がなにものかわからないまま、真弓子は「2辛」と返事をした。

「どう？　けっこう辛い？　辛そうだね。マユちゃん、鼻に汗かいてるもんね。味見していい？」

そして骨太の女は右手の小指を真弓子のスープカレーにつっこんだ。呆気にとられ見ていると、彼女はそれを舌でぺろりと舐めた。ずいぶんと昔、同じことをされたのを、真弓子は思いだした。あのときはカレーではなくラーメンだった。

あれはいつのことだったか。そしてラーメンの汁に指をつっこんだのはだれだったかしら。

「なんだ、そう辛くないじゃん。あたし5辛にチャレンジ」

去っていく特典クンの後ろ姿を、骨太の女はしばらくなめるような視線でみつめていた。

「あの」と真弓子が声をかけると、女はようやくこちらをむいた。

「もしかしてマユちゃん、あたしのことわかんない？　あたしはマユちゃん見て、すぐマユちゃんだってわかったわよぉ。老けたにはちがいないけど、昔と印象かわんないんだもん。ほんとひさしぶり」骨太の女は芝居がかったしゃべり方だった。「マユちゃん、同窓会でないもんねえ。高校卒業して、すぐ東京いっちゃったし」

この女は高校のときの同窓生なのか。真弓子は心が穏やかでなくなった。東京にでてきてからの知り合いならばまだいい。錦糸町のお店の子でもかまわない。しかし郷里の人間とは会いたくなかった。とくに高校のときのなんて最悪だ。

「ごめんなさい」二時には店に戻らねばならないんだ。ここで同窓生を名乗る女と、時間をつぶしている暇はない。「わたし、あなたのこと、思いだせないの」

「えぇぇぇ？　超ショックゥゥ。でもしようがないかあ。わたし、顔、けっこうイジっちゃったからねえ」

するとはっきりした二重瞼は整形なのか。鼻も不自然なまでに形がいい。唇からこぼれ見える歯も、きれいに揃いすぎで白すぎる。

「お待たせしましたぁ」

特典クンが注文の品をもってきた。色からして真弓子のよりもずっと辛そうだった。骨太の女はスープを一口啜ると、うんうん、とうなずいた。味に納得したといったカンジだ。

その仕草を見て、真弓子は女が何者であるかわかった。

ラーメンに指をつっこんだのも彼女だった。そしてそのあと、わたしと同じラーメンを注文して、いまと同じようにうなずいていた。

「もしかして」

「ん？」

「藤枝美咲（ふじえだみさき）さん？」

「うれしぃぃぃ。思いだしてくれた？　でもあだ名で呼んでもらってもいいわよ。ジミサキでもブスサキでもゲロサキでも」

真弓子は背筋が冷たくなっていくのがわかった。

そして、「わたしはそんなふうに呼んだことはないわ」と、むきになってしまった。

「マユちゃんはそういう子じゃなかったもんね。だれからも愛される優（やさ）しい子だった」

だれからも、のはずがない。ただひとりから愛されたかった。でもだめだった。

「生徒会長さんだったもんねえ。勉強もできたしさぁ。英語、得意だったよね。発音も完璧だって、イギリス人の先生にもほめられていたじゃん。将来、通訳になりたいとかいってなかったっけ？　どうして大学いかなかったの？」

「字幕よ」真弓子は鶏肉の骨をていねいにとりのぞきながら言った。

「え？」美咲が聞き返してきた。

通訳ではない。洋画の字幕をつくるひとになりたかったのだ、と言いかけたときである。

時計から鳩があらわれ、ぼぉぉん、ぼぉぉぉんと二度ベルが鳴った。

しまった。約束の時間。

藤枝美咲がスプーンを置いて、右手をさしだしてきた。握手を求めてきているのはわかった。再会を祝してか。そうではなかった。彼女はこう名乗った。

「わたくし、ボンジュール野火止です」

藤枝美咲はイタイ子だった。高校に入ってすぐのときだ。クラスで自己紹介がおこなわれ、教壇に立ってクラス全員の前でしなければならなかった。入学したての生徒達は担任のその命令におとなしく従った。そうはいってもみんな、名前と出身校ぐらいしか言うことがなかった。真弓子もそうだ。

藤枝はちがった。教壇に立ったまま、名前も出身校も言わなかった。

どうした？　と担任の先生がきいた。藤枝はそれに答えず、スカートのポケットからメモらしきものをとりだし、自作の詩を読みます、と言った。

どんな詩だったか、真弓子は憶えていない。愛やら夢やらといった言葉が含まれていたような気がする。クラスの連中は笑うこともできず、ただぼんやりと、詩を読み続ける彼女を見守るほかなかった。読み終わると藤枝は、この詩に曲をつけてくれるひとを募集します、と早口で言い、走って自分の席に戻った。

藤枝は真弓子の倍の速さで、5辛のスープカレーをたいらげてしまった。そして真弓子が食べ終わるまで、生ビールをグラスで一杯呑(の)んでいた。

そのあいだ、特典クンに「きみ、大学生?」(農大の一年です)とか「カノジョいんの?」(いやあ、いまはいないです)とか「眼鏡はダテ?」(度、入ってますよ)とか「服のセンス、いいね」(下北沢(しもきたざわ)の古着屋で買ったんです)などと話しかけていた。いちいちにこやかに答える特典クンもどうかと真弓子は思った。

それにしてもだ。高校時代の藤枝を知るものとしては、こうも気軽に他人と、しかも異性と話す姿はにわかに信じ難(がた)かった。

さらにスープカレーの店をでるときに、「あなたのぶんも奢(おご)るわ」と言われたときには、心底驚いた。

「と、とんでもない」おろおろする真弓子を尻目(しりめ)に藤枝はさっさと払ってしまった。

「傘、お貸ししましょうか?」

お金をレジに入れた特典クンがにこやかに言った。風はおさまっていたが、雨はまだ降りつづいている。

「いらないわ」と断わったのは藤枝だ。「マユちゃん、あたしと相合い傘しましょ」

「わたし、自分のぶん、払うわよ」傘の中で、真弓子はまだ財布をだしたまんまだった。

「いいって。これからいろいろお世話になるわけだしさ。気持ちよ気持ち」

「でも」

「ほんといいわよ」

言いあっているうちに、真弓子の店に着いてしまった。さきに入ったのは藤枝だった。

「お帰りなさい」レジに立つさやかは、藤枝のほうへ顔をむけ、「傘、やっぱり小さかったみたいですね」と言った。

なるほど、そういうことか。真弓子は合点がいった。スープカレーの専門店にくる前に、藤枝はここに寄ったのだ。もともと傘をもっていなかった彼女はさやかに借りたというわけだ。

「ないよりましだったわ。マユちゃん、むかえにいったようなもんよ」

「マユちゃん?」

さやかがいぶかしい表情になった。藤枝はにやつくばかりで説明しようとしない。そこで真弓子が「高校の同級生だったの」とすべて端折って言った。そしてこのときになって、藤枝がマユちゃんなどと呼んだことが一度もないのを思いだした。学祭の打ちあわせで、ラーメン屋にいったときも、藤枝は真弓子を米村さんと呼んでいた。

「へえ。偶然ですか？」さやかは身を乗りだしてきた。「テレビドラマみたいですね」

「この広い東京で、そんな偶然、あるわけないでしょう」と藤枝は否定した。

「え？　それじゃあ」

さやかがつづけて質問しようとするのを藤枝は無視して、真弓子に「ここ何坪なの？」ときいてきた。

「九坪よ」

「ふうん」藤枝はあらためてあたりを見回した。「たとえ九坪でもさ。おんなひとり二十八歳で、まがりなりにも東京の二十三区内にお店構えられたんだから、マユちゃん、すごいよ」

皮肉や嘲りではなかった。ほんとうに感心しているようで、真弓子はなんだかくすぐったく思えた。

それから藤枝に展示の場所を指しめした。いまは地元のマンガ家のイラストが飾ってある。その壁の角を藤枝は愛でるように撫でた。

「これ一面、コルク材なんだぁ。ピンとか刺せるようになってるってわけねえ」

「あのさ、藤枝さん。さっき偶然じゃないって言ってたけど、あれって、どういうこと?」

「グーグルで検索したのよ、マユちゃんの名前。そしたら百七十七件でてて、トップが『ネコ・ノ・デコ』公式ホームページだったってわけ」

「ど、どうして」真弓子は少なからず動揺した。「わたしの名前なんか検索したの?」

「先月、あたしひさしぶりに実家戻ったのね。そんとき、同窓会じゃないんだけども、高校の同級生が十人ぐらい集まって呑み会やったのよ。その席でマユちゃんの名前がでてね。東京に戻ってきて、気になったから試してみたの」

高校の同級生のあいだでわたしの名前がでた。となると錦糸町のお店で働いていた話もでたにちがいない。

「そういうことってしますよねえ」口をはさんできたのは、さやかだった。「あたしもときどき、小学校のときの初恋の相手とかをググっちゃったりしますもん」

「それとは違うわ」

藤枝はあっさりといなした。さやかは大きな目をより大きく見開いた。

「マユちゃん、大河原健児、憶えてる?」

不意にでてきた名に、真弓子は自分の顔がこわばるのがわかった。だができるだけ穏やかな口調で言った。

「憶えてるわよ。生徒会の副会長だった子でしょ」

「マユちゃん、生徒会長だったからよくいっしょにいたものね」

藤枝の口調はどこかわざとらしい。

「店長、生徒会長だったんですか？」

さやかが余計なところに反応した。

「その呑み会に大河原くんもきてたのよ。彼、いまなにしていると思う？」そんなこと知りたくもない。「県会議員になってるのよ。しかももう二年もつとめてるの」

「地元で？」真弓子は思わずきいてしまった。

「そうよ」

さらに藤枝は他に酒席に参加した同窓生の名を挙げたが、真弓子はとりたてて反応はしなかった。

「マユちゃんはずっと東京？　田舎にはぜんぜん帰ってないの？」

「わたしはもう、あの町には家がないから」

「そうだった、そうだった。マユちゃんのお父さん、あんなことんなっちゃったもんねえ。御両親も東京に住んでるの？」

「藤枝さん」いらだちが見透かされないように、真弓子は静かに言った。「昔話するために、ここにきたわけじゃないんでしょ。仕事の話をしましょうよ」

藤枝の形のいい眉がぴくりと動いた。だがにこやかに笑い、「そうだったわね。ごめんごめん。昔の友達に会えて、ついうれしくなっちゃってさ。おしゃべりしすぎちゃった。だけど仕事の話に入る前に最後ひとつだけきいていい？」

「どうぞ」

「マユちゃん、錦糸町のランジェリーパブで働いていたってホント？」

大河原健児の名をだされたときよりも、真弓子は動じなかった。いままでこの話がでないほうが、不自然だとすら思っていたところだ。さやかがレジのむこうで目をしばたたかせているのが見えた。

「二年も前の話よ」

「ホントなんだ」

「だれからきいたの？」

「橋本」

いいヤツだぜ。橋本。ぜったいい似合いのカップルになると思う。

「藤枝さん」真弓子はひとつ咳払いをしてから言った。「わたしもひとつ、質問していいかな」

「どうぞどうぞ。なにかしら」

「みんなわかった？」

「ん？　なにが？」

「けっこう顔をいじくってるんでしょ。だから、先月の呑み会、みんながあなたを藤枝美咲だって気づいてくれたかっていうのよ」

藤枝の表情が硬直した。さやかが息を飲んで見守っているのがわかった。

「生徒会長だったマユちゃんとは思えぬ反撃だなあ」藤枝の不自然に形のいい鼻に皺が寄った。「ご指摘のとおり、最初はわかんなかったみたい。でもさ、整形だってわかってても男はきれいな女には弱いんだよねえ」

そう言うと藤枝は胸を張った。この女、豊胸手術もしているかもしれない、と真弓子は妙に形のいいその胸を見て思った。

「橋本なんかさ。奥さんも子供もいんのにさ。おれ、仕事で東京へはちょくちょくいくから、そんとき会おうぜ、なんてくどくんだよ。最悪だよね」藤枝の語気が荒くなってきた。「そのくせ、呑み会のあいだ、ずっとあたしのことゲロサキって呼んでいやがったんだ。許せないよ」

「もしかして、きみ」常連のオヤジに連れてこられた男が、真弓子の顔をまじまじと見つめた。「まちがってたらごめんね」

「やだぁ、なんですぅ？　まさか初恋のひとにそっくりだなんて言わないでくださいねえ」

「あのさ、きみ」男が真弓子の郷里を口にした。「そこの出身じゃない？」

「わかっちゃいましたぁ？」たとえ他の地名を言われたとしても、真弓子は同じことを言っただろう。どこが出身地だろうと関係ないことだ。「けっこうなまりとれてきてると思ったんですけどねえ」

「やっぱそうか。さっききみ、十九だって言ったけど、ほんとは二十六だよね」

「莫迦（ばか）！」常連のオヤジが男の頭を叩いた。「店の子の実年齢あてて、どうするつもりだ。営業妨害だぞ、営業妨害」

「す、すいません」男はぺこぺこと頭を下げた。

そこへボーイがボトルを運んできた。

「橋本くん、酒がきたよ。きみ、呑みが足んないよ、呑みが。そんなんじゃ、きみんとこの商品、うちではおけないなあ。もっとさ、やる気みせてよ。そのために今日の席、設(もう)けたわけだからさ」

「は、はい」

「ねえ、きみ」常連のオヤジは真弓子に言った。「この男、じゃんじゃん呑ませてやって。水とか烏龍茶(ウーロン)で割ったりしなくていいから。氷もなし。ストレートでガツンといってくれたまえよ、橋本くん」

橋本くんと呼ばれた男は、真弓子の注いだ酒を三杯たて続けに呑んだ。常連のオヤジはあれだけ煽(あお)っておきながら、そんな彼を見ていなかった。店の子を自分の太股に座らせようとして、はしゃいでいた。

「なんだ、ちくしょう」

常連のオヤジには聞こえないよう、小さな声で男は言った。真弓子はグラスに水をいれ、さしだした。

「お強いんですねえ」

「うん。ああ」ごくごくごく、と男は喉を鳴らしながら、水を一気に飲み干した。それからグラスをテーブルに置くと、真弓子の耳許(みみもと)でこう囁(ささや)いた。

「きみ、米村真弓子だろ。生徒会長だったさ。おれのこと、おぼえてない？　三年とき、同じクラスの橋本だけど」

真弓子は否定した。橋本は「そう？　似てるんだけどなあ」と言うだけにとどまった。話の流れから、橋本は地元から東京へ出張にきて、常連のオヤジと商談だったらしい。ならばもうここにくることはないな。真弓子はそう高を括った。しかし甘かった。

翌週のことだ。橋本はおおぜいの友人をひきつれ、錦糸町のランパブに訪れた。友人とはすなわち、高校時代の同級生だった。入ってくるなり、他の客についていた真弓子を指さし、橋本は叫んだ。

「あの子、あの子。米村真弓子だよな」

橋本は真弓子を指名し、自分達の席に呼んだ。真弓子は覚悟を決め、彼らの輪に加わった。

「なあ、きみ。米村真弓子だよな」

席に着いた途端、橋本はそう言った。真弓子は開き直り、「見つかっちゃったぁ」とふざけてみせた。男達は静まりかえったが、つぎの瞬間、どっと笑いが起きた。

いいや、ひとり笑わない男がいた。

大河原健児だ。

「わたしもいろいろ大変だったんだからぁ」真弓子はその席で身の上話を披露した。露悪になることでどうにか精神のバランスをとることができた。「お父さんの会社潰(つぶ)れちゃうし、借金のカタで家も土地も銀行にとられちゃったしさぁ。大学決まってたのにいけなかったのよ。もう散々(さんざん)よぉ」

　だれかが胸を触っているのがわかった。橋本だ。

「お客さぁん、うちはそういうサービスしてないんですよぉ」しかし真弓子は橋本の手を払ったりしなかった。「でも、ま、いっか。昔のよしみだもんね」

「下着はやっぱ、店からの支給？」

「ちがいますぅ。自分で選んで自腹で買ってます」と言って、真弓子は唇をとがらせた。

「いま着てるのなんかは銀座の専門店で上下揃いで五万八千円もしたんだからぁ」

「マジかよぉ。こんな紐みたいのが？　おい、見ろよ、大河原」

　橋本が同意をもとめると、大河原は席を立った。

「どうしたよ、大河原。トイレ？」

「帰る」

「なんだよ、おまえ。なあ、米村」橋本は真弓子の胸を持ったまま、言った。「おれは今日も出張で東京にきてるんだけどさ。いまここにいる連中は東京在住組なのね。ただし、大河原だけおれといっしょに今朝、わざわざこのためだけに田舎からでてきたんだぜ」

「わたしに会いにぃい！　超うれしぃぃぃ」

やけっぱちだった。酒の力も借りていた。そしてなにより大河原の仏頂面が許せなかった。

「いやあ、それがさぁ、米村がこういうとこで働いているっていったら、こいつ、顔色変えて、ぜったいちがうって言い張ってね。で、その確認のためにきたの。自分の予想が外れたから怒っているんだよな、おまえ」

大河原は橋本をにらみつけた。そして財布をとりだすと、万札を数枚、テーブルのうえに投げつけるように置き、店をでていってしまった。

藤枝はしばらく黙って狭い店内をぐるぐるまわっていた。商品を手にしたりもしたが、とくに興味はなさそうだった。

真弓子も自分から声をかけたりしなかった。ふと気づくと、さやかは頬をふくらませ、藤枝をにらんでいた。敵愾心を露骨にしてもかわいい顔だった。

雨は小降りになっていたが、まだ降り続いている。

「これって」入り口脇の棚に置いてあるプチ考える人を指さし、藤枝が言った。「ふたつでこの値段？」

「そうよ」「ちがいます」

真弓子とさやかで、ちがう答えを同時に返してしまった。

「どっちなの？」

「ひとつ三千円税別です」さやかは言い切った。

「ひとつじゃ買う意味ないもんね。ふたつで六千円税込にしてよ」

「値切るんだったら買わなくてもけっこうです」さやかはどこまでも強気だ。鼻息も荒かった。「貴重な逸品なんですからね」

藤枝は両手にプチ考える人を持っていた。

「わかったわよ。六千円税別で買うわ。このブックエンド」

ブックエンドか。言われてみればたしかにそうだ。真弓子は納得した。さやかも同様だったのだろう。「はい、ブックエンドです」と不用意に大きな声で言っていた。

「自宅でつかうから、適当に包装して」

プチ考える人をレジカウンターに置くと、藤枝はさやかに言った。

「ねえ、米村さん」呼び名が変わった。

「なあに？」

「あたし、ほんとにここで展示していい？」

「いいわよ、もちろん」

「米村さんだけだったんだ」

「え？」

「高校のとき、あたしのこと、ヘンなあだ名で呼ばなかったひと」

真弓子は財布を開く藤枝の横顔を見つめてしまった。

ぱっちりとした二重瞼、形のいい鼻、白い歯、とがった顎。

でも彼女は間違いなく、藤枝美咲だった。

「あたしもさ、東京でできていろいろ大変だったんだ。いまも大変だけど」

そう言う藤枝のイントネーションはかすかに故郷のなまりがあった。

「大変なのはみんないっしょよ」真弓子はなぐさめるように言った。

「あたしも大変です」とさやかがうなずいた。

「あなたはそうでもないと思う」藤枝がにこりともせずに言った。さやかが顔をしかめるのを見て、真弓子は笑ってしまった。


「雨、やんだみたいね」

店の前に立ち、藤枝は言った。大きなトートバッグを肩に担ぎ、右手にはプチ考える人が入った紙袋を持っている。

「まだ降ってるよ。さっきの傘、貸すわよ」

「いいよ。春雨だから濡れていく。またね」

そう言い捨てて藤枝は走りだした。

「あ、あの、店長」

いつの間にかとなりにさやかがいた。

「あたし、過去がどうあれ、いまの店長が好きです。尊敬してます。一生ついていきます」

「一生ついてこられてもねえ」

真弓子がそう言うと、さやかは唇をとがらせていた。もしかしたらその仕草がかわいいと自分でわかっているのかもしれない。

ならば見せる相手はわたしじゃないよ。

錦糸町の店はあの夜で辞めた。その前後にもいろんなバイトして、東京に住んで九年近くで、八百万貯めた。そしてだれからも一銭も借りずに、この『ネコ・ノ・デコ』を開いた。

スープカレーの店から、特典クンがでてきた。エプロンはつけておらず、リュックサックを背負っている。手に持った傘をさすかどうしようか迷っているようだ。そしてこちらに気づくと、「生嶋先輩、おれ、もうバイト、アガリなんですけど、いっしょに大学いきますぅ?」と声を張りあげた。

「あたしはまだバイト中」

「そうですかぁ。じゃあ、また」

特典クンはもう一度、空を見上げ、頬が紅潮している。結局、傘をささずに歩きだした。そのうしろ姿を、さやかがじっと見つめていた。

「眼鏡外したほうがいい男なんじゃないの、彼」

「どうですかねえ」

「好きなんでしょ、彼のこと」

「そういうんじゃないですよぉ。やだな、店長」

そそくさと店に入っていくさやかの姿を見て、真弓子は銀座の専門店を教えてあげようと思ったが、やめておいた。余計なお世話だし、それに男ならだれでも紐みたいな下着で心を開くわけではない。

真弓子はショーウインドウのディスプレイを表から確認して、店に入った。

『ネコ・ノ・デコ』。

九坪のわたしの城。
猫の額ほどの城。

本書は二〇〇六年七月、小社より
四六判で刊行されたものです。

一〇〇字書評

切り取り線

購買動機（新聞、雑誌名を記入するか、あるいは○をつけてください）	
□（　　　　　　　　　　　）の広告を見て	
□（　　　　　　　　　　　）の書評を見て	
□ 知人のすすめで	□ タイトルに惹かれて
□ カバーがよかったから	□ 内容が面白そうだから
□ 好きな作家だから	□ 好きな分野の本だから

●最近、最も感銘を受けた作品名をお書きください

●あなたのお好きな作家名をお書きください

●その他、ご要望がありましたらお書きください

住所	〒				
氏名		職業		年齢	
Eメール	※携帯には配信できません		新刊情報等のメール配信を 希望する・しない		

あなたにお願い

この本の感想を、編集部までお寄せいただけたらありがたく存じます。今後の企画の参考にさせていただきます。Eメールでも結構です。

いただいた「一〇〇字書評」は、新聞・雑誌等に紹介させていただくことがあります。その場合はお礼として特製図書カードを差し上げます。

前ページの原稿用紙に書評をお書きの上、切り取り、左記までお送り下さい。宛先の住所は不要です。

なお、ご記入いただいたお名前、ご住所等は、書評紹介の事前了解、謝礼のお届けのためだけに利用し、そのほかの目的のために利用することはありません。またそのデータを六カ月を超えて保管することもありませんので、ご安心ください。

〒一〇一-八七〇一
祥伝社文庫編集長　加藤　淳
☎〇三（三二六五）二〇八〇
bunko@shodensha.co.jp

祥伝社文庫

上質のエンターテインメントを！　珠玉のエスプリを！

祥伝社文庫は創刊15周年を迎える2000年を機に、ここに新たな宣言をいたします。いつの世にも変わらない価値観、つまり「豊かな心」「深い知恵」「大きな楽しみ」に満ちた作品を厳選し、次代を拓く書下ろし作品を大胆に起用し、読者の皆様の心に響く文庫を目指します。どうぞご意見、ご希望を編集部までお寄せくださるよう、お願いいたします。

2000年1月1日　　祥伝社文庫編集部

ラブ・オア・ライク
LOVE or LIKE　恋愛アンソロジー

平成20年9月10日　初版第1刷発行

著者　石田衣良（いしだいら）・中田永一（なかたえいいち）
中村航（なかむらこう）・本多孝好（ほんだたかよし）
真伏修三（まぶせしゅうぞう）・山本幸久（やまもとゆきひさ）

発行者　深澤健一
発行所　祥伝社（しょうでんしゃ）
東京都千代田区神田神保町3-6-5
九段尚学ビル　〒101-8701
☎03（3265）2081（販売部）
☎03（3265）2080（編集部）
☎03（3265）3622（業務部）

印刷所　萩原印刷
製本所　関川製本

ISBN978-4-396-33449-9　C0193

祥伝社のホームページ・http://www.shodensha.co.jp/

祥伝社文庫

江國香織ほか
唯川　恵
LOVERS
江國香織・川上弘美・谷村志穂・安達千夏・島村洋子・下川香苗・倉本由布・横森理香・唯川恵…恋愛アンソロジー

江國香織ほか
谷村志穂
Friends
江國香織・谷村志穂・島村洋子・下川香苗・前川麻子・安達千夏・倉本由布・横森理香・唯川恵…恋愛アンソロジー

伊坂幸太郎ほか
本多孝好
I LOVE YOU
伊坂幸太郎・石田衣良・市川拓司・中田永一・中村航・本多孝好…注目の男性作家が紡ぐ奇蹟の恋愛小説

本多孝好
FINE DAYS
死の床にある父から、僕は三十五年前に別れた元恋人を捜すよう頼まれた…。著者初の恋愛小説

安達千夏
モルヒネ
在宅医療医師・真紀の前に七年ぶりに現れた元恋人のピアニスト克秀は余命三ヶ月だった。感動の恋愛長編

伊坂幸太郎
陽気なギャングが地球を回す
嘘を見抜く名人、天才スリ、演説の達人、精確無比な体内時計を持つ女。史上最強の天才強盗四人組大奮戦！

祥伝社文庫

小池真理子　会いたかった人

中学時代の無二の親友と二十五年ぶりに再会…喜びも束の間、その直後からなんとも言えない不安と恐怖が。

小池真理子　追いつめられて

優美には「万引」という他人には言えない愉しみがあった。ある日、いつにない極度の緊張と恐怖を感じ…。

小池真理子　蔵の中

秘めた恋の果てに罪を犯した女の、狂おしい心情！　半身不随の夫の世話の傍らで心を支えてくれた男の存在。

小池真理子　午後のロマネスク

懐かしさ、切なさ、失われたものへの哀しみ……幻想とファンタジーに満ちた十七編の掌編小説集。

東野圭吾　ウインクで乾杯

パーティ・コンパニオンがホテルの客室で毒死！　現場は完全な密室…見えざる魔の手の連続殺人。

東野圭吾　探偵倶楽部

密室、アリバイ、死体消失…政財界のVIPのみを会員とする調査機関が秘密厳守で難事件の調査に当たる。

祥伝社文庫

花村萬月　笑う山崎

冷酷無比の極道、特異なカリスマ、極限の暴力と常軌を逸した愛…当代一の奇才が描く各紙誌絶賛の快作！

林真理子　男と女のキビ団子

中年男との不倫の日々。秘密の時間を過ごしたホテルのフロントマンに、披露宴の打合わせの時に出会って…。

結城信孝編　ワルツ

田辺聖子・石田衣良・姫野カオルコ・小泉喜美子・連城三紀彦・横森理香・田中小実昌・森奈津子・有吉玉青・吉行淳之介

岩井志麻子　島村洋子ほか　勿忘草

「恋は人を狂気させる」――愛の深淵にある闇を、八人の女性作家が描く恋愛ホラー・アンソロジー集

明野照葉　篠田節子ほか　鬼瑠璃草

「殺したいほど好きな人が、いますか？」――九人の女性作家が贈る、とびきりの愛と恐怖の物語。

柴田よしき　横森理香ほか　邪香草

「愛は邪なもの……」気鋭の女性作家九人が、恋をしているあなたに捧げる世にも奇怪な物語。

祥伝社文庫・黄金文庫　今月の新刊

西村京太郎　十津川警部「故郷」
部下の汚名を雪ぐため、十津川は小浜へ飛ぶ！

新堂冬樹　黒い太陽（上・下）
連続ドラマ化された圧倒的エンターテインメント、暗黒の結末は!?

石田衣良 他　LOVE or LIKE
もどかしく揺れる男女の機微 珠玉の恋愛アンソロジー文庫化

坂岡　真　のうらく侍
無気力無能の「のうらく」者が剣客として再び立ちあがる！

柄刀　一　殺人現場はその手の中に　天才・龍之介がゆく！
理科系トリック満載で読者の脳を刺激する、上質ミステリー

千野隆司　首斬り浅右衛門人情控
業を知りぬく首斬り役が罪人の宿縁を断ち、魂を救う

山本一力　お神酒（みき）徳利　深川駕籠
人情駕籠、江戸を走る！ 名手が描く爽快時代小説

吉田雄亮　恋慕舟（れんぼぶね）　深川鞘番所
江戸の無法地帯深川で芽生える恋、冴えわたる剣！

内田春菊　若奥様玉地獄
女の欲望を白日の下に晒す、エロくてサイコな傑作官能

曽野綾子　幸福録　ないものを数えず、あるものを数えて生きていく
数え忘れている「幸福」はないですか？ シリーズ最新刊

青山　佾（やすし）　痛恨の江戸東京史
日本の首都は「失敗」と「慟哭」の連続だった

泉　秀樹　江戸の未来人列伝　47都道府県郷土の偉人たち
彼らを知らずに歴史は語れない。日本全国を網羅

桐生　操　知れば知るほど悪の世界史　教科書には書けない"あの人"の別の顔
ネロ、ヒトラー……悪意が芽生えた瞬間